허클베리 핀의 모험

Adventures of Huckleberry Finn

서숙 교수의 영미소설 특강 3

Adventures of Huckleberry Finn

허클베리 핀의 모험

서 숙 지음

이화여자대학교출판부

〈서숙 교수의 영미소설 특강〉 시리즈를 펴내며

대학에서 영미소설을 강의한 지 20여 년이 훨씬 넘어가고 있다. 두 번째 안식년을 다녀온 가을 학기, 나는 물었다. 그동안 내가 했던 그 많은 강의들은 다 어디로 갔나. 나와 함께 책을 읽었던 그 많은 젊은이들, 그들은 모두 어디서 무엇을 하나.

〈영미소설 특강〉 시리즈는 이런 질문에서 시작되었다. 나는 강의실에서 소설을 읽으며 우리가 거쳐 간 그 강렬했던 지적, 정서적 경험을 되살리고 싶었고, 우리에게 살아 있음을 깨닫게 해주었던 그 순간들을 기억해내고 싶었다. 사라져버린 그들과 나의 시간에 정체성을 부여하고 싶었다.

지구력과 인내가 요구되는 특강 시리즈를 이런 개인적인 느낌만으로 시작한 것은 물론 아니다. 〈주홍글자〉, 〈위대한 개츠비〉, 〈허클베리 핀의 모험〉, 〈여인의 초상〉 등으로 이어질 이 강의록을 통해 일반 독자들이 영미소설과 문화를 이해하는 데

일조하고 싶다. 그러나 무엇보다도 강의라는 형식의 글쓰기를 통해 소설 읽기의 즐거움과 소설 공부하기의 훈련이 별개의 것이 아님을 확인하고 싶다. 외국어라는 암호를 일단 풀어야 하는 경우에는 더욱 그렇다. 강의로 끝나버리는, 허공으로 사라지는 의미와 말들을 다시 붙들어 응시하면서 나는 활자가 열어주는 무궁한 세계를 재발견하는 듯하다. 그렇다. 까맣고 또렷한 글자들은 영롱한 생명을 품고 있는 씨앗들이다. 우리 눈에, 가슴에 뿌려진 씨앗들은 언젠가 싹을 피워낸다. 이 막강한 영상매체의 시대에 활자의 힘에 대한 이 깨달음은 나에게 새삼스럽고 소중하다.

나와 함께 소설을 읽으며 우리들의 텃밭을 가꾸었던 이들에게 이 책을 드린다. 이 시리즈를 기획한 김용숙 선생님과 출판부장 최민숙 선생님, 그리고 편집을 담당한 이혜지 선생님에게 감사드린다.

서 숙

차례

Adventures of Huckleberry Finn

〈서숙 교수의 영미소설 특강〉 시리즈를 펴내며 _ 4

시작하면서 _ 9
제 1 강 _ 17
제 2 강 _ 24
제 3 강 _ 32
제 4 강 _ 37
제 5 강 _ 50
제 6 강 _ 63
제 7 강 _ 73
제 8 강 _ 92
제 9 강 _ 110
제10강 _ 121
제11강 _ 130
제12강 _ 148
강의를 마치며 _ 159

작가 연보 _ 167

Adventures of Huckleberry Finn

시작하면서

여러분 안녕하세요? 또 새로운 학기를 시작하네요. 이렇게 화창한 아침 여러분과 공부하게 되어 마음이 설렙니다. 봄 학기에는 첫 시간 수업이 좋아요. 공기가 투명하고 팽팽하지요. 오늘 아침 신문에서 초등학교 선생님이 쓴 글을 읽었어요. 아이들이 선생님을 만나서 조금이라도 행복하기를 바란다고…… 나도 같은 생각입니다. 여러분이 나와 함께 책 읽는 즐거움도 알게 되고 생각하는 훈련도 할 수 있기를 바랍니다. 여러분과 내가 함께 생기 있는 순간들을 많이 갖게 되기를 바랍니다.

자, 우리가 읽을 책을 준비하셨지요? 지금 내가 가지고 온 이 책에는 1967년의 내 서명이 들어 있어요. 대학 3학년 때 읽은 건데, 감회가 남다르네요. 여러분도 지금 읽는 책들을 아주 나중에 들여다보면 비슷한 경험들을 할 거예요. 졸업생들이 편지에 그렇게 써 보내기도 해요.

자, 이 소설의 내용은 알고 있지요? 어렸을 때 만화로도 보았을 테고. 여러분이 잘 알고 있듯이, 이 소설은 개구쟁이 소년이 모험을 하는 이야기이죠. 백인 소년과 검둥이 노예가 마을에서 도망쳐서 뗏목을 타고 강을 따라 내려가며 갖가지 일들을 겪는 이야기입니다. 언제적 이야기이지요? 일어나는 장소는? 미국에서 검둥이 노예가 있던 곳은 어디입니까? 또 백인 소년과 검둥이가 함께 어울릴 수 있는 곳이 어디입니까? 그렇지요. 이 소설의 배경은 남북전쟁 이전의 남부 사회입니다. 당시 남부는 노예 제도에 근거한 농본 사회였지요. 목화 문화, 즉 남부 경제를 지탱해주는 목화를 재배하기 위해서 노예 제도가 필수적이었습니다.

노예 제도로 인한 문제들, 백인 농장주들과 흑인 노예들 간의 뿌리 깊은 차별과 억압과 폭력의 역사는 20세기 미국 작가들, 특히 남부 출신의 윌리엄 포크너와 같은 백인 남성 작가들, 그리고 토니 모리슨과 같은 흑인 여성 작가들 작품의 근간이 되고 있지요. 노예 제도가 안고 있는 문제의 핵심은 백인과 흑인 모두의 인간성을 파괴한다는 점이지요. 백인을 폭군으로 만들고 흑인을 노예로 전락시킴으로써 흑백 인종 간의 불신과 증오, 죄의식과 보복의 악순환을 만들어내는 것이지요. 노예 제도에 근거한 사회는 그러므로 병든 사회일 수밖에 없어요. 노예 제도는 그 사회 구성원들의 삶 속에 깊이 파고들어 아무도 그 영향에서 벗어날 수 없는 것이지요.

그런데 이러한 남부 사회에서 백인 소년과 검둥이 노예가 어떻게 함께 모험을 한다는 것일까요? 노예 제도를 안고 있는 마을 안에서는 백인과 노예가 동등한 입장에서 함께 모험을 할 수 없을 텐데 말이에요. 그렇지요. 그래서 허클베리 핀과 노예 짐은 마을을 떠나 뗏목을 타고 강 위로 나가는 것이지요. 백인과 노예라는 마을에서의 신분의 차이는 두 사람의 모험을 통해 강 위에서는 극복되어야 하는 것입니다.

마을에서의 인종 차별이 극복되고 백인과 노예가 아닌 동등한 인간으로서의 관계를 만들어나가는 것, 이것이 헉 핀과 노예 짐 앞에 놓인 가장 큰 도전이자 모험인 것이지요. 두 사람이 강을 따라 내려가며 예기치 못한 위험들과 부딪치고 다양한 종류의 인간들을 만나는 것이 이들의 외적 모험이라면, 이런 외적 모험을 겪어가면서 두 사람이 새롭게 인간관계를 만들어가는 과정이 이들의 내적 모험이지요. 헉 핀의 모험의 핵심은 이렇게 안과 밖의 경험들이 합해져서 이루어집니다.

다시 강조하자면 헉 핀과 짐이 뗏목을 타고 가는 과정은 마을에서의 신분의 차이를 없애가는 과정입니다. 노예 제도로 인해 이들 속에 자리잡게 된 인종 차별을 극복해나가는 과정입니다. 개구쟁이 소년들이 검둥이 노예와 어울려 엮어가는 재미있는 이야기로 알려진 이 소설의 진정한 메시지는 여기에 있는 것입니다.

작가는 허클베리 핀, 개구쟁이 장난꾸러기, 집도 절도 없고 술주정뱅이 아버지를 둔, 학교도 제대로 다니지 않는 어린 백인 소년을 통해 노예 제도라는 위험한 주제를 다루면서, 그 제도를 고발하고 있습니다. 뿐만 아니에요. 그 제도는 반드시 없어져야 한다고 말하면서 그 방식을 보여주고 있어요. 다시 말해 새로운 질서를 시험해보고 있어요. 여러분이 어렸을 때 보았던 재미있는 아이들의 만화는 이렇게 깊은 주제를 다루고 있는 것입니다.

그러나 기존 질서를 지키는 백인 어른들이, 그들의 예리한 눈이, 개구쟁이 백인 소년과 검둥이 노예의 우정이 품고 있는 전복적인 영향력을, 규범을 위협하고 대안 질서를 내세우는 그 요소를 놓쳤을 리가 없어요. 이 소설이 한때 금서로 지정되어 도서관 대출이 금지되기도 했다는 것은 놀랄 일이 아니에요. 미국은 남북전쟁 이후 노예 제도가 공식적으로는 폐지되었다 해도 여전히 뿌리 깊은 인종 차별의 사회였으니까요.

그런데 이 소설의 진정한 힘은 작가가 이 같은 위협적인 메시지를 소리 높여 외치지 않는다는 점이지요. 격앙된 소리로 고발하지 않는다는 점이지요. 그렇게 했다면 이 소설은 사회 고발 소설 또는 프로퍼갠더 소설로만 분류되었을지 모르지요. 그러나 작가는 글자도 잘 모르는, 개구쟁이 떠돌이 백인 소년 헉 핀으로 하여금 자기가 겪는 모험들, 만나는 사람들을 그냥 생각나는 대로 쓰게 했어요. 다시 말해 헉 핀이 자기의 경험을 쓰고 있는 것이에요. 그래서 맞춤법도 틀리고 삐뚤빼뚤한 글씨로 쓰여진 것 같지요. 우리는 그의 이야기를 읽으면서 한참 웃다가 나중에야 슬그머니 알게 됩니다. 이 개구쟁이 아이의 이야기가 상당히 위험하다는 것을.

그래요. 헉 핀은 자기 이야기를 하고 있어요. 헉 핀이 이 책의 저자예요. 그러니 오죽하겠어요. 단어도 쉬운 것들만 쓰고, 매일매일 일상 속에서 일어나는 일들을 짤막짤막하게 쓰고 있어요. 헉 핀은 소설 쓴다고 폼 잡지 않고 그냥 주저리주저리 말하듯이 해요. 어려운 단어나 복잡한 문장을 쓸 줄 모르니까 우리들이 읽기도 너무 쉬워요. 그러니 우리 같은 외국인은 좋지요. 영어사전 찾을 일이 거의 없으니까요. 이런 책이라면 나도 영어로 소설 쓸 수 있겠다, 라는 생각조차 들곤 합니다.

그러나 이 소설을 읽으면서 중요한 것을 깨닫게 됩니다. 진지하고 어려운 주제를 이렇게 쉽게, 이렇게 재미있게 쓸 수도 있구나. 이런 떠돌이 아이도 소설의 주인공이 될 수 있구나. 그래요. 『허클베리 핀의 모험』이 등장하기 전까지는 소설은 대개 어려운 단어로, 소위 문학적인 문장으로 쓰여졌지요. 이렇게 쉽게 일상에서 주고받는 말인 듯, 쓰여지지 않았어요. 이것만으로도 굉장한 일이지요. 문학사의 혁명으로 간주될 만한 일입니다. 많은 작가들, 특히 1920년대 길 잃은 세대를 대표하는, 우리에게도 잘 알려진 헤밍웨이는 짧고 단순한 문장으로 깊은 의미를 전달하는 소설들을 썼지요. 그는 『허클베리 핀의 모험』을 자기 소설의 스승으로 삼았다지요.

또 하나 있어요. 이 소설에는 검둥이 노예 짐이 사용하는 말도 그대로 적고 있어요. 노예들이 일상에서 사용하는 말들을 그대로 쓰고 있는 것이지요. 그래서 짐이 하는 말을 읽어내자면 우리는 처음에는 헤매게 됩니다. 그래도 그의 말들이 중요하므로 그걸 이해하려고 아주 애쓰게 되지요. 그의 일상 언어를, 그의 사투리 같은 말들을 이해하려고 애쓰는 것은 그 사람과 그의 문화를 이해하려는 것과 같아요. 그를 이해하려면 그의 말을 일단 알아들어야 하니까요. 이런 의미에서도 이 소설은 혁명적이라고 해도 과언이 아니에요. 당시 백인 독자들에게 감히 노예의 말을 이해하라고, 그의 말을 알아들으라고 하고 있으니까요.

마크 트웨인은 노예 제도의 근본적인 문제를 일찍이 알고 있었어요. 그리고 이 제도를 극복하기 위해서는 백인과 흑인이 인간으로서 동등한 관계를 맺어야 한다는 것도 알았어요. 다시 말해 미국 사회의 변화를 가져올 새로운 질서는 노예 제도가 만들어놓은 인종과 계층과 세대의 차별을 넘어서는 곳에 가능하다고 믿었어요. 작가의 이런 통찰력과 신념은 지금 21세기 초반에도 여전히 확인되고 있어요. 흑인 대통령의 출현은 트웨인의 비전이 단지 꿈이 아니라 실현 가능한 것이었음을 증명하지요.

자, 우리는 이 소설의 주제가 무엇인지 벌써 다 알았군요. 반복하건대, 이 소설의 힘은 대안 질서를 향한 혁신적인 메시지를 장난꾸러기 아이들의 재미있는 이야기를 통해 제시한다는 데 있어요. 우리는 헉 핀의 이야기를 따라가며 웃다가 문득 깨닫게 되지요. 그래요. 강력한 메시지를 이렇게 재미있는 이야기로 전달하는 작가의 솜씨, 탁월합니다.

마크 트웨인의 미국에 대한 비전은 때로는 낙관적으로 때로는 비관적으로 소설 속에 나타납니다. 그러나 낙관과 절망은 동전의 양면이지요. 채플린의 웃음이 비극에 대한 인식 없이 가능할까요? 이 소설에서도 헉 핀이 단지 개구쟁이 장난꾸러기이기만 할까요? 그렇다면 헉 핀이 이렇게 오랫동안 독자의 사랑을 받을 수 있을까요? 자, 하여간에 우리는 이 소설의 심각한 주제를 따지느라고 재미를 놓치지 말아야지요. 웃다가도, 너무 외로워서 죽어버렸으면 좋겠어, 라고 말하는 이 어린 고아 소년, 헉 핀을 잘 사귀어 봐야지요. 그러기 위해서는 남의 번역을 통하지 말고 직접 만나세요. 헉 핀이 하는 이야기를, 재미있게 읽을수록 생각할 것이 많아지는 그의 이야기를 직접 들어보세요. 작가의 미국에 대한 기대와 절망이 어떤 방식으로 그 속에 나타나는지 잘 헤아려보세요.

Adventures of
Huckleberry Finn

제1강

마크 트웨인의 소설 『허클베리 핀의 모험』의 구조는 마을－강－마을로 되어 있어요. 헉 핀은 자기가 살던 마을을 떠나 뗏목을 타고 도망노예 짐과 함께 강을 따라 내려가면서 갖가지 모험을 합니다. 그리고 우여곡절 끝에 다시 마을로 돌아오면서 그의 모험은 끝나지요(물론 자기가 살았던 마을로 돌아오는 것은 아닙니다). 앞에서도 언급했듯이 헉 핀과 짐, 두 사람이 겪는 모험은 크게 둘로 나눌 수 있어요. 하나는 강을 따라 가면서 남부 마을들을 중심으로 겪게 되는 외부적인 사건들이고, 또 하나는 그 과정에서 헉 핀과 짐 사이에 일어나는 관계의 변화입니다.

마을을 중심으로 두 사람이 겪는 일들을 통해 작가가 보여주는 것은 한쪽으로는 노예 제도가, 또 한쪽으로는 기독교가 지배하는 병든 남부의 실상입니다. 화합할 수 없는 이 두 질서의 갈등과 이중성으로 인해 그곳에 사는 이들은 백인도, 노예도, 상류층 사람들도, 가난한 사람들도 모두 도덕적 마비 상태에 빠져 있습니다. 이성적인 판단, 냉철한 사고가 부재하는 곳에서 이들을 지배하는 것은 혼돈과 폭력과 값싼 감상입니다.

그렇다면 작가는 단지 병든 사회를 고발하는 것일까요? 그렇지 않아요. 한편으로는 마을 사람들의 암담한 삶을 보여주면서, 고발하면서, 또 한편으로는 보다 나은 공동체를 모색하고 있어요. 다시 말해 외적인 사건들을 통해 고발을 하고, 헉 핀과 짐의 관계를 통해 새로운 질서를 찾고 있는 것이지요.

그러나 두 사람의 모험의 공간, 강 위의 뗏목이 곧 마을의 대안이라고 말하는 것은 아닙니다. 그렇게 문제가 단순할 리 없지요. 그렇게 되기 위해서는, 헉 핀과 짐의 뗏목이 노예 제도가 있는 마을을 넘어서는 공간이 될 수 있기 위해서는 대전제가 있어야 하지요. 다시 말해, 강 위의 뗏목에서는 헉 핀과 짐이 백인과 노예가 아니라 평등한 인간으로 새롭게 만나야 납니다. 흑인도 슬픔과 기쁨을 느끼는 똑같은 사람이라는 것을 헉 핀이 깨닫고 인정해야 하는 것이지요.

여러분, 이제 감이 잡히지요? 왜 헉 핀이 노예 짐과 함께 뗏목을 타고 모험을 하게 되는지를. 두 사람의 외적 모험이 그들의 내적 변화를 동반하지 않는다면, 이 소설은 병든 마을에 대한 고발로만 그치는 것이지요. 그러나 두 사람의 내적 변화로 인해 작가는 기존 사회를 고발하면서 동시에 새로운 질서를 찾고 있어요. 이래서 헉 핀의 모험의 핵심은 대안 질서의 가능성을 제시하는 데 있습니다. 이 점을 명심합시다.

대안 질서의 필요성을 강조하기 위해서는 현재의 마을이 어떤 곳인지를 아는 것이 필요합니다. 헉 핀과 짐이 마을을 탈출하는 이유는 무엇일까요? 이를 알기 위해 마을에서의 헉 핀의 일상을 살펴보지요.

헉 핀은 과부인 더글러스 부인의 양자가 되어 착한 소년이 되기 위해 애쓰고 있군요. 더글러스 부인과 그녀의 여동생 미스 왓슨은 헉 핀에게 기도하는 습관, 구구단 외우기, 글을 읽고 쓰기, 깨끗한 옷을 입고 식탁에서 똑바로 앉는 법 등을 가르치는군요. 떠돌이였던 헉 핀을 길들이고 있네요. 이런 생활에 대한 헉 핀의 반응은 이래요. 식사시간이 되면 종이 울린다. 식사를 앞에 놓고 잘못된 것도 없는데, 고개를 빼고 앉아 구시렁거린다…… 모세 등에 대해 열심히 설명하는 것을 듣다가 그가 옛날에 죽은 것을 알게 되자 더 이상 상관하지 않는다…… 잠들기 전에는 검둥이들까지 모두 모여 기도를 한다. 새 옷이 불편해서 안절부절못한다. 걸핏하면 긁지 마라, 건들거리지 마라, 하지 마라, 하지 마라, 잔소리에 만사가 귀찮아진다……

기도하고 성경공부하는 것, 시간에 맞추어 식사하는 것, 새옷 입고 자세를 바르게 하는 것, 헉 핀이 배우는 이러한 것들은 소위 문명사회의 규범과 질서를 뜻하는 것이지요. 학교도 들락날락하면서 아무데서나 잠을 자고 멋대로 살아온 들토끼 같은 헉 핀이 기존 사회의 규범에 적응해가는 과정이 쉽지는 않겠지요. 그래요. 더글러스 부인과 미스 왓슨이 그에게 가르치려는 것은 추상적이고도 기계적인 교리들이에요. 그래서 헉 핀에게는 규칙적이고 예의바른 이런 생활이 암담하게만 느껴집니다. 규칙적이고 점잖은regular and decent이라는 표현 앞에 암울한 dismal이라는 단어를 쓰고 있어요. 헉 핀은 학교는 제대로 다니지 못하고 글도 겨우 읽고 쓸 정도이지만, 대단히 총명합니다. 여러분도 들어보셨지요? 무의식의 세계를 만천하에 알려 20세기 지성사에 일종의 지진을 초래했던 프로이트를. 그의 저서 중에는 제목이 이런 것도 있어요. 『문명과 그의 불만Civilization and Its Discontent』. 인간의 문명은 대가를 치른다는 뜻인 것 같지요?

쉬운 예를 들어볼까요? 시험에 합격하기 위해 놀지도 못하고 참고 공부해야지요. 잠도 자지 말아야지요. 다시 말해 모범생이 되기 위해 하고 싶어도 하지 말아야 되는 것들이 있지요. 우리의 욕망은 늘 억제되어야 하지요. 이로 인해 우리는 죄의식을 느끼게 되고요. 규칙적으로 학교 다니고 예의바른 학생이 된다는 것이 이래서 우울한 이야기라는 것을 헉 핀은 알았던 것일까요? 그는 소위 말하는, 사물의 이면, 가려진 부분이 있다는 것을 깨달은 것입니다. 그래요. 앞으로 알게 되겠지만, 헉 핀은 제도 안에서의 모범생은 아니지만 똑똑한 아이예요. 그는 다른 사람들의 의견을 그대로 받아들이지 않아요. 일단 확인해 봅니다. 스스로 납득되지 않으면 받아들이지 않고 자기 방식대로 하지요. 일종의 실용적인 지혜라고 할 수 있을 거예요.

사물의 이면이 있다는 것을 알고, 사회적인 규범에 무조건 따르지 않고 자신이 확신하지 못하면 자기 방식을 고수하는 것, 이는 헉 핀의 모험이 계속되는 동안 반복되어 나타나는 그의 특징입니다.

한 가지 예를 들어볼까요? 미스 왓슨이 헉 핀에게 성경공부를 시키면서 그가 고분고분하지 않으니까, 너 그러면 천국에 못 가고 지옥 간다, 라고 하지요. 천국이 어떤 곳이냐고 묻는 헉 핀에게, 천사들이랑 하루 종일 노래하고 기타만 친다, 라고 대답하자, 헉 핀은 그곳이 별 볼일 없는 곳이라고 생각하지요. 천국에 안 가겠다고 하지요. 그러다가 자기의 단짝 톰 생각이 나서, 톰은 어디를 갈 것 같으냐고 묻자, 아마 지옥에 갈 것 같다, 라는 대답을 듣지요. 헉 핀은 안심하면서 나도 지옥에 가는 게 낫겠어요, 라고 합니다. 헉 핀은 무조건 천국에 가겠다고 하지 않아요.

헉 핀이 똘똘이라면 그의 단짝 톰은 모범생이에요. 이제 우리는 모범생 톰의 특징을 곧 알게 될 것입니다. 그리고 모범생 톰과 똘똘이 헉 핀의 차이를 알게 될 것입니다.

자, 마을이 어떤 곳인지 다시 확인합니다. 학교, 시간표, 성경공부, 예의바름, 갖가지 금지 조항들, 이런 것들로 마을의 질서는 유지됩니다. 그런데 이 작은 마을이 더욱 암울한 것은 앞에서 지적했듯이 노예 제도 때문이지요. 이 마을이 믿는 기독교는 사랑과 평등을 말하지만, 그러나 노예 제도와는 별개입니다. 이 마을에서 기독교는 원래의 역할을 할 수가 없어요. 왜 그럴까요? 그렇지요. 그들의 종교가 노예라는 사유재산 앞에서는 무력해진다는 뜻이겠지요. 그래서 이곳의 종교는 현실과는 동떨어진 채 추상적인 교리로만 남는 것이지요. 이 부분에 대해서는 다시 말할 기회가 있을 것입니다.

우리는 헉 핀의 일상을 알게 되었습니다. 그것을 통해 문명화된 삶이 어떤 것인지, 무엇으로 이루어졌는지를 알게 되었습니다. 시간에 맞추어 학교 다니고 글을 배우고 새 옷 입고 기도하고, 침대에서 잠자고…… 이런 것들을 규칙적으로 예의바르게 반복하는 생활이 헉 핀에게는 대단히 우울한 것이지요. 그가 하루 일과를 끝내고 밤에 홀로 자기 방에 돌아와서, 죽고 싶다, 라고 할 만큼 심하게 외로움을 느끼는 것은 양자가 된 어린 소년의 처지 때문만이 아니라 즐거움을 느끼지 못하는, 억압적인 일상에서 느끼는 소외감 때문이기도 할 테지요. 교회와 학교를 중심으로 이루어지는 마을의 질서와 규범. 그러나 우리는 이곳의 규범과 질서가 노예 제도에 근거한 것임을 알게 되었어요. 기독교 정신과 노예 제도, 소설의 시작부터 마을에 잠복된 균열의 요인이 분명해졌어요.

그런데 말이지요, 왜 떠돌이 소년 헉 핀은 더글러스 부인의 양자가 되었을까요? 그가 말하고 있어요. 단짝 친구 톰이 헉 핀에게 강도놀이를 하려면 양자가 되어야 한다고 했기 때문이에요. 얼핏 대수롭지 않게 보이지만, 의미심장한 문장이에요.

보세요. 양자가 된다는 것은 공동체의 기본이 되는 가족에 속하게 되는 것이지요. 다시 말해 사회 속에 들어와 규범을 지키며 사는 것을 뜻하지요. 톰은 강도놀이를 하기 위해서는 사회 안으로 들어와야 한다고 말합니다. 이는 톰이 말하고 싶어하는 강도놀이가 질서를 건드리지 않으면서 즐기는 놀이라는 뜻이지요.

톰은 진짜 모험을 할 의도는 전혀 없고 모험놀이만을 하고 싶어해요. 그러나 이 소설의 제목은 톰의 모험놀이가 아니고 헉 핀의 모험이에요. 우리는 앞으로 톰의 놀이와 헉 핀의 모험의 차이를 알게 될 것입니다.

Adventures of
Huckleberry Finn

제2강

이번에는 헉 핀과 함께 모험을 하게 될 노예 짐을 만나봅시다. 그가 어떤 모습으로 나오는지 보세요. 헉 핀이 밤중에 톰의 신호를 듣고 몰래 집을 빠져나갈 때 노예 짐은 인기척을 듣지만 곧 잠에 빠지고 톰은 그에게 장난을 치지요. 짐이 쓴 모자를 벗겨 나뭇가지 위에 걸어놓고 초 세 자루를 훔치고는 그 값으로 5센트짜리 동전을 테이블 위에 두고 오지요.

잠에서 깨어 모자가 나뭇가지에 걸려 있는 것을 본 짐은 마녀가 마술을 건 뒤 자기를 온 천지로 데리고 다녔다고, 그리고 동전을 주었다고 황당한 말을 퍼뜨리지요. 짐이 마녀와 만났다는 이유로 동네 노예들은 짐에게 꼼짝 못하고 마녀가 주었다는 동전을 보기 위해 작은 물건들을 주지요.

이 허황한 거짓말을 하는 짐의 모습은 마을 안에서, 다시 말해 노예 제도 아래서의 노예의 모습이에요. 어리석고 황당하고 미신에 홀리는 모습. 이런 짐의 모습은 헉 핀과 함께 뗏목을 타고 강을 따라 내려가면서 우리가 만나게 되는 짐의 모습과 대조될 것입니다.

자, 이제 헉 핀의 친구 톰 소여를 만납시다. 톰은 무엇보다 책을 무조건 믿는 아이군요. 어른들이 좋아할 모범생이겠네요. 톰이 무슨 일을 하건, 어떤 의견을 가지고 있건, 그건 모두 책을 통해 알게 된 것들이에요. 톰의 원칙은 책에 쓰여진 대로 하는 것이에요. 그래요. 이렇게 책을 무조건 떠받드는 톰이 마을 소년들의 대장 노릇을 하는 것은 당연한 것 같지요. 책을 많이 읽어서 아는 것도 많으니까요.

그는 한밤중에 헉 핀을 비롯하여 꼬마들을 소집하여 마을에서 멀리 떨어진 언덕으로 갑니다. 그가 언덕에서 바라보는 풍경을 보세요. 깊은 밤에도 불빛이 서너 개 멀리서 반짝이는 걸 보고, 아픈 사람들이 있구나, 라고 생각하는군요. 머리 위에서 빛나는 별들을 보며 새삼 아름답다고 하는군요. 그리고 멀리 넓은 강이 조용하고 경건하게 흐릅니다.

어때요, 개구쟁이 헉 핀이 대단히 서정적인 듯하지요? 우리는 이때 처음으로 그의 모험에서 핵심적인 역할을 할 미시시피 강을 바라봅니다. 한밤중 장엄하게 침묵 속에서 흐르는 강을 상상해보세요. 어떤 숙연함이 느껴지지요?

자, 톰이 무엇을 하는지 보세요. 그는 마을 아이들을 동굴 속에 모아놓고 말하지요. "우리 이제부터 강도단을 조직하는 거야. 톰 소여의 갱단이라고 부르자. 같이하고 싶은 사람은 서약을 해야 하고 자기 이름을 피로 쓰는 거야."

톰이 말하는 서약서를 자세히 보세요. 누구든지 갱단에 충성하고 절대 비밀을 발설하지 말아야 한다. 갱단의 소년에게 누가 잘못하면 그와 그의 가족을 죽이고 그들의 가슴에 십자가를 꽂는다. 십자가는 이 갱단의 표시이다. 갱단에 속하지 않는 자는 절대 이 표시를 사용해서 안 되고, 만일 사용하면 고소당하고, 그래도 사용하면 죽여야 한다. 갱단의 일원이 비밀을 누설하면 그의 목을 베고 시체를 태워 재를 사방으로 뿌리고, 그의 이름은 피로 지워 명단에서 빼고 다시는 갱단에서 언급하지 말아야 한다……

어처구니없지요? 그러나 이렇게 자세하게 적는 이유는 그의 놀이가 현실과는 동떨어진, 책의 흉내를 내는 것에 불과하다는 것을 보여주기 위해서입니다. 하여간에 이것이 톰이 준비해온 서약의 내용들이에요. 소년들은 감탄하면서 톰에게 너의 머리에서 나온 것이냐고 묻자, 자기가 생각한 것도 있지만, 대부분은 해적 책들, 강도 책들에서 나온 것이라고 하는군요.

자, 톰은 책을 절대적으로 믿는다고 했었지요? 그건 어떤 것일까요? 이런 예를 보세요. 이 강도단은 사람들을 습격하여 대부분을 죽여버리고 몇 명은 동굴에 가두고 '랜섬ransom'(억류하여 몸값을 요구하는 것)한다고 톰이 말하자, 아이들이 랜섬이 뭐하는 건데? 하고 묻지요.

아이들이 자꾸 따져 묻자 톰은, 너 책에 있는 대로, 원칙대로 할 거야 말 거야? 너처럼 뭘 모르면 입 다물겠다, 해버리지요. 이처럼 그는 계속 질문을 받으면, 자기도 잘 모르면서 이런 식으로 윽박질러요. 또 있어요. 꼬마아이가 졸려서 집에 가고 싶다고 울자 아이들이 놀려요. 꼬마는 화가 나서 어른들한테 다 일러버리겠다고 하자, 톰은 5센트를 주며 아이를 달래지요. 톰은 일이 생기면 돈으로 무마하거나 때우려는 특징이 있어요. 앞에서도 졸고 있는 짐의 모자를 가져가는 대신 5센트를 놓고 온 것 생각나지요? 나중에 그의 이런 특징에 대해 더 이야기할 것입니다.

톰의 갱단에 관해 이렇게 자세하게 쓴 이유가 있어요. 마을에서 톰은 아이들의 대장입니다. 그는 책에 있는 것이 곧 원칙이라고 생각하고 잘 이해하지 못해도 책에 있다는 이유로 맹종합니다. 책이 그에게 세력을 행사할 권위를 주는 것이지요. 그리고 보세요. 어른들에게 고자질하겠다고 우는 아이를 그는 돈으로 달래고 입을 막아요. 톰은 이미 애어른인 것 같아요. 위험한 것은 이런 아이가 대장인 것이지요.

하지만 톰도 아이잖아요. 그는 장난도 치고 모험도 하고 싶지만 그러나 진짜 모험은 하지 못해요. 그러기 위해서는 규칙도 깨야 하는데 그는 모범생이에요. 그래서 그는 강도놀이를 할 뿐이지요. 앞에서 시도했던 톰의 강도놀이는 흐지부지되어버리는데, 그 이유는 그것이 강도인 척하는 놀이이기 때문이에요. 그러니 계속될 수가 없어요. 자, 지금 톰의 강도놀이를 말하면서 가짜와 진짜에 대한 얘기가 나왔어요. 이는 소설을 관통하는 아주 중요한 주제라는 것이 밝혀질 것이에요.

우리는 톰이 마을의 반복되는 일상 안에서 어떤 식으로 재미를 찾으려고 하는지를 보았어요. 모험하고 싶은 욕망을 가짜 모험, 즉 놀이를 통해 충족하려고 했지요. 이 패턴은 소설의 끝에 본격적으로 다시 반복될 것입니다.

그런데 톰이 대장이 되어 강도단을 꾸리고 있는 동안 헉 핀은 뭘 하고 있지요? 다시 봅시다. 꼬마들끼리 주고받는 말을 들어보세요. "비밀을 말하는 아이의 가족들을 죽이는 것은 좋은데, 그럼 헉 핀은 어떻게 할 거야? 가족이 없잖아." "개 아버지가 있잖아." "그렇지만 어디 있는지 찾을 수도 없고 늘 술 취해 있고 지난 일 년은 나타나지도 않았잖아."

궁지에 몰린 헉 핀은 울음을 터뜨리려고 하다가 갑자기 생각해냅니다. 미스 왓슨이 있잖아. 아이들은, 그래 좋아, 동의하지요. 헉 핀이 위기 앞에서 재빠르게 묘안을 내는군요. 그의 이런 특징을 우리는 계속 만나게 될 것이에요.

아이들끼리의 대화를 통해 우리는 헉 핀에 대한 중요한 정보를 알게 됩니다. 헉 핀에게는 아버지뿐이며 그는 떠돌이 술주정뱅이라는 것, 지난 일이 년 소식도 없었다는 것 등이에요. 헉 핀이 때로 지독한 외로움에 빠지는 이유를 우리는 조금 알게 된 듯합니다.

자, 지금까지 우리는 강도단을 조직하는 톰의 모습을 보면서 그의 행동과 믿음은 책에 근거하고 있는 것을 보았어요. 다른 사람이 질문하거나 이의를 제기하는 것을 용납하지 않았어요. 책에 기대어 그가 절대적인 권위를 꼬마들에게 행사하는 모습을 보았어요. 그렇다면 헉 핀은 어떤가요? 그는 일단 남의 얘기를 들은 뒤 혼자 곰곰이 생각해보지요. 그런 뒤 실제로 자기가 행동으로 시험하면서 그 말의 진위를 확인하려고 하지요. 다시 말해 남의 말을 그냥 따르는 것이 아니라 스스로 해보고 판단해요.

그래요. 톰의 판단의 근거는 책 또는 책을 쓴 전문가들이에요. 그러나 헉 핀의 판단 근거는 자기 자신, 즉 스스로 생각하고 시험해본 결과예요. 예를 들어, 마술 램프를 자꾸 문질러라, 그러면 원하는 것이 나타날 것이다, 세상에서 제일 큰 다이아몬드로 된 궁전에서 하루 종일 껌을 씹을 수도 있고, 중국 황제의 딸을 데려다가 결혼할 수도 있을 것이다…… 이 말을 듣고 헉 핀은 이틀씩 삼일씩이나 곰곰 생각하지요. 그런 다음 낡은 램프를 구해 숲으로 가서 진땀을 뻘뻘 흘리며 램프를 문지르고 또 문지르지요. 궁전을 지어서 팔려고요. 그런데 어땠나요? 아무 일도 일어나지 않자, 그는 그것이 톰 소여의 거짓말이라고 판단하지요. 그러면서 생각하지요. 톰은 아랍인이니 코끼리니 하는 것을 믿는 모양이다, 그러나 내 생각은 다르다, 이 모든 것이 주일학교 냄새가 난다, 라는 결론에 이르지요. 기도하면 원하는 것은 무엇이든 얻게 된다는 말을 믿는 것과 비슷한 거라고 생각하게 된 것이지요.

그런데 봅시다. 헉 핀이 톰을 얼마나 좋아합니까? 가출해서 새 옷 벗어던지고 헌 옷을 다시 입으니 살 것 같던 헉 핀이었는데, 톰이 다시 집에 와서 학교 다니면 강도놀이에 끼워준다니까 돌아왔지요. 천당 갈래 지옥 갈래, 미스 왓슨이 물으니까 먼저 톰은 어떨까 물었지요. 왜냐하면 헉 핀은 톰과 함께 있고 싶거든요. 그만큼 톰을 좋아해요. 그러나 헉 핀은 톰을 좋아하는 것과 그의 생각을 무조건 따르는 것을 구별하지요. 이것이 쉽지 않다는 것을 우리는 너무 잘 알지요. 그럼 우리가 어떤 말을 할 수 있나요? 야, 헉 핀이 뭘 안다고. 글자도 겨우 읽고, 또 뭐야, 6 곱하기 7은 35라고 하는 녀석인데.

그렇지요. 그건 맞는 소리지요. 그런데 왜 작가는 이런 아이를 소설의 주인공으로 내세우느냐고요? 이유가 있을 거예요.

많이 배우고 책에 의존할수록 있는 그대로의 진실을 볼 수 없어지나 봐요. 본 것을 그대로 말하는 능력이 줄어드나 봐요. 벌거벗은 임금님 얘기 알지요? 벌거벗은 임금님을 보고도 신하들과 마을 사람들은 모두 왕이 비단옷을 입었다고 찬양하는데, 웬 아이 혼자만, 임금님 발가벗었다, 외치잖아요. 아이는 그만큼 어른들에 비해 바른 소리를 하는 것이지요. 눈치 보지 않고 인습에 물들지 않았다는 소리지요.

그러나 아이도 아이 나름이지요. 톰은 이미 애어른입니다. 자, 작가의 의도는 헉 핀이라는 아이의 눈을 통해 인습에 너무 물들기 전의 눈으로 세상을 보자는 것이지요. 어른들의 편견 없이 있는 그대로의 세상을 바라보게 하는 것이지요. 이런 이유에서 아이의 눈을 통해 세상을 바라보는 것은, 잘못된 제도를 정직하게 보여줌으로써 이를 비판하고 고발하는 방법이 되는 것이지요. 떠돌이 헉 핀의 모험을 통해서 남부 마을의 실체를 보여주는 것이지요.

Adventures of Huckleberry Finn

제 3 강

자, 이번에는 마을에 그럭저럭 적응해나가던 헉 핀에게 어떤 중대한 변화가 생기는지 봅시다. 헉 핀은 양자로서 서너 달이나 잘 버티었다고 하는군요. 읽고 쓸 줄도 알게 되고요. 곱셈도 가끔 틀리지만 할 줄 알고요. 학교도 처음에는 지겨웠지만 견딜 만해졌고요. 정 힘들어지면 이따금씩 숲으로 달아났다가 돌아오고요. 더글러스 부인도 그런 대로 흡족해하고요. 그는 옛날처럼 사는 것이 제일 좋지만 지금처럼 사는 것도 뭐 좋아하게 되었다고 하는군요.

이런 헉 핀을 보면서 어떤 생각이 듭니까? 점점 길들여지는구나, 헉 핀이 이렇게 견딜 수 있는 것은 가끔씩 땡땡이를 칠 수 있기 때문이구나, 싶지 않나요?

그래요. 헉 핀이 이렇게 재미없고 억압적인 생활을 견딜 수 있는 것은 숨 쉴 곳이 있기 때문이지요. 숲으로 가서 맘껏 뒹굴다가 오면 다시 괜찮아지는 것이지요.

그러나 마을 규범에 길들어가던 헉 핀의 이런 생활도 중단됩니다. 그의 아버지의 등장 때문이지요. 우리는 마을 아이들을 통해 그의 아버지가 오랫동안 행방불명인 것을 알았어요. 그런데 아버지가 등장함으로써 학교와 집에 익숙해져가고 있던 헉 핀의 일상에 변화가 옵니다.

헉 핀이 아버지가 돌아온 것을 알게 되는 계기를 보세요. 그는 뛰어난 관찰력을 가지고 있어요. 어느 눈 온 날 아침, 헉 핀은 눈 덮인 땅에 난 발자국이 집 안으로 들어가지 않고 주변을 서성이다가 사라진 것을 발견하지요. 그 발자국을 따라가다가 왼쪽 장화 굽에 십자가 모양으로 대못이 박힌 것을 발견하곤 아버지가 왔다는 것을 확인합니다.

그 순간 헉 핀이 즉시 하는 일은 두 가지예요. 하나는 새처 판사에게 달려가서 그를 설득, 자기가 맡겨놓은 돈을 모두 판사에게 양도하는 각서를 씁니다. (『톰 소여의 모험』 끝에 그들은 동굴에서 엄청난 돈을 발견, 판사에게 맡겨두고 1달러씩 받아 쓰도록 했었지요.) 그다음은 노예 짐에게 달려갑니다. 아버지가 대체 무슨 짓을 할는지, 그가 얼마나 이곳에 있을는지, 짐의 주먹만한 구슬로 점괘를 보는 거지요.

짐은 말합니다. 너희 아버지 주위에는 흰 천사와 검은 천사가 맴돈다. 때로는 흰 천사가, 때로는 검은 천사가 그를 이끈다. 그러나 헉 핀, 넌 괜찮을 거야. 넌 고통도 많이 겪을 거지만, 기쁨도 많을 거야. 그런데 너, 물을 조심하거라……

재미있는 것은 물을 조심하라는 소리이지요. 앞으로 헉 핀은 짐과 함께 강을 따라가며 갖가지 일들을 겪을 것이기 때문이지요. 자, 아버지의 출현을 알고 난 뒤의 헉 핀의 행동을 보면서 그에게 아버지는 보호와 안정감 대신 고통과 불안만을 주었다는 것을 우리는 짐작할 수 있습니다.

헉 핀의 눈에 비친 아버지의 모습을 보세요. 그는 거의 50세이군요. 멋대로 길게 자란 머리는 오래 감지 않아 뒤엉켜 있군요. 흘러내린 머리칼 사이로 번득이는 두 눈은 온통 까만색뿐이군요. 창백한 그의 얼굴색은 몸을 움찔하게 만드는, 소름이 끼치게 하는 흰색, 청개구리의 흰색, 물고기 배의 흰색이군요. 그리고 옷은 말 그대로 누더기입니다. 헉 핀의 뛰어난 묘사력을 보세요.

이런 아버지가 대뜸 따지고 드는 이유는 헉 핀이 학교에 다니고 읽고 쓰는 것을 배우고 옷차림도 단정하기 때문이지요. 너, 애비가 글을 모르는데, 감히 글을 쓸 줄 안다고? 그래서 나한테 잘난 척하려고? 당장 학교 때려치워.

그러면서 학교 앞에서 지켜 섰다가 헉 핀을 붙들어 때리고 술에 취해 난동부리고 유치장에 며칠 갇혔다 나오고를 반복하는군요. 그에게는 아들을 교육시키고 가족을 지키는 부양자로서의 아버지의 모습은 전혀 없고, 권리를 내세우고 절대적 복종을 요구하는 폭군의 특징만 있습니다. 그를 보며 헉 핀이 느낄 불안과 수치, 그리고 두려움을 생각해보세요. 어린 그에게는 그를 보호해주고 안심시켜줄 따뜻한 부모가 처음부터 부재하는 것이지요.

헉 핀의 아버지가 개선될 가능성은 전혀 없어요. 구제불능이지요. 예를 들어보지요. 이 마을에 새 판사 가족이 오지요. 헉 핀 아버지를 모르는 사람들이에요. 이 집에서 아버지는 일장 연설을 하지요. 지금까지는 인생을 낭비한 어리석은 인간이었지만, 이제부터라도 거듭나서 새 삶을 살겠으니 제발 도와달라고. 지금까지 자기는 오해만 받고 살아왔는데, 자기에게 필요한 것은 오직 연민과 동정뿐이라고.

“자, 내 손은 어제까지의 내 손이 아닙니다. 이 새 손과 악수하는 것을 두려워하지 마십시오.” 개과천선하겠다는 그의 말에 판사도 울고 그 집 식구들도 울고 모두 울었어요. 그래서 판사도 그 손과 악수하고 다른 사람들도 악수하고 판사의 부인은 그 손에 입맞추었어요.

이 장면을 보면서 궁금해지지 않나요? 사람들은 왜 이리 울어대는지, 이상하지 않아요? 그렇지요. 뭔가 정상적인 것 같지는 않아요. 더구나 판사는 이 사회의 지도층이고 이성적인 판단을 해야 하는데 말이에요.

앞으로 이런 식의 어처구니없는 눈물 장면이 계속 나옵니다. 주목하세요. 이 사회를 지배하고 있는 싸구려 감상과 무력감과 폭력을 노예 제도와 연결시키면서 생각해보세요. 하여간에 이런 아버지가 마을에 머무는 한, 안정되기 시작하던 어린 헉 핀의 생활이 계속될 수가 없지요. 어느 날 헉 핀은 아버지에게 붙들려서 쪽배를 타고 강 건너 숲가의 외딴 오두막집에 갇힙니다. 그 뒤 아버지와의 생활은 말하지 않아도 짐작이 가지요? 헉 핀은 갇혀서 술 취한 아버지에게 매 맞고 그의 온갖 말의 횡포를 견뎌야 합니다.

자, 이제 우리는 헉 핀의 아버지를 통해서 미국의 백인 쓰레기white trash 계층에 속하는 전형적인 인물을 만나게 됩니다.

Adventures of
Huckleberry Finn

제4강

우리는 백인 쓰레기 계층에 속하는 헉 핀의 아버지에게서 흑인에 대한 차별과 편견, 오만과 무지가 고집스럽게 자리잡고 있는 것을 봅니다. 그는 헉 핀에게 외치지요. 봐라, 세상이 말세가 되어가더니 별꼴을 다보겠다. 이게 정부냐, 합법적인 아버지에게서 아들을 빼앗으려 하다니. 뿐만 아니지. 어떤 검둥이는 백인처럼 새하얀데, 혼혈이라는데, 그가 자유롭다는 거야. 게다가 그자가 몇 나라 말을 할 수도 있고, 대학에서 가르치기까지 한다는데, 이게 정부냐. 게다가 어떤 곳에서는 검둥이가 투표까지 할 수 있다는데, 이게 무슨 놈의 정부냐. 난 투표 거부한다……

그렇지요. 백인 최하층에 속하는 그에게서 흑인에 대한 백인들의 편견과 무지가 극대화되어 나타나고 있는 것이지요. 이상

하지요? 이처럼 사회적으로 가장 소외된 그가 사회의 편견과 오만을 고수하는 이유가 무엇일까요? 노예 제도 아래서 그는 백인이라는 인종적인 우월을 내세워, 흑인을 차별할 수 있는 권리를 고집하는 것이겠지요. 그것이 그가 합법적으로 행사할 수 있는 유일한 횡포이니까요. 그는 백인 떠돌이로서 멸시받고 천대받은 만큼 흑인을 향해 편견을 휘두르는 것이지요.

자, 백인과 흑인이 보통 때 사이좋게 잘 지내다가 백인이 논리적으로 밀리면 막판에 가서, 검둥이인 주제에, 하지요. 여자와 남자가 함께 잘 일하다가 남자가, 여자가 웬 말이 많아, 하는 때가 언제인가요? 남자인 것, 백인인 것, 어른인 것 외에는 내세울 것이 없을 때, 그것을 내세우는 것이지요.

자, 헉 핀은 아버지와 살 수 없어요. 그렇다고 그는 새 옷 입고 매일 학교 가고 규칙을 지켜야 하는 양자 노릇도 하기 싫어요. 그는 아버지와 살면서 다시 시간표로 통제되는 생활에서 멀어졌어요. 그때의 재미없고 지루한 생활로 돌아가고 싶지 않아요. 그러니 헉 핀은 마을도 아니고, 아버지도 아닌, 새로운 곳으로 떠나야 합니다. 아버지와 마을이 다시는 자기를 찾지 못하도록 말이지요. 그래야 헉 핀은 술 취한 아버지로부터, 그리고 억압적인 시간표로부터 해방된, 새로운 자신을 찾아 나서게 될 것입니다.

그렇다면 헉 핀은 어떻게 아버지로부터 해방될 수 있나요?

완벽하게 자신을 없애버려야 하는 것이지요. 다시 말해 아버지와 마을 사람들이 헉 핀이 죽었다고 믿어야 그들로부터 해방되는 것이지요. 헉 핀은 대단히 머리가 좋아요. 그가 얼마나 치밀하게 이를 위해 준비하는지 보세요. 그는 아버지가 외출한 틈을 타서 야생돼지를 죽인 뒤 자루에 넣고 돌을 매달아 강 속에 가라앉히는군요. 문간에 끌려간 핏자국을 내고 그 위에 자기 머리카락을 뽑아 흩어놓는군요. 사람들이 대포를 쏘아 시체를 떠오르게 할 것에 대비해서 죽인 돼지를 돌에 매달아 물속으로 가라앉히는군요. 자신이 살해된 것처럼 감쪽같이 꾸민 것이지요. 자, 이렇게 해서 술주정뱅이 아버지의 아들 헉 핀, 맞지 않는 옷을 입은 듯 어설프던 양자로서의 헉 핀은 죽었어요. 죽어서야 비로소 아버지에게서 탈출할 수 있다는 것은, 아버지라는 기존 세력의 손아귀가, 폭력이 그만큼 막강하다는 뜻이겠지요.

헉 핀은 이제 혼자 길 떠나기 위한 준비를 합니다. 자잘한 일상적인 물건들, 생필품들, 가져갈 수 있는 것은 모조리 챙기지요. 포크, 나이프, 커피, 물통, 작은 칼, 그릇, 도마, 설탕, 밀가루, 소금 등 챙길 수 있는 것은 다 챙깁니다. 말이지요, 우리가 습관적으로 훌쩍 떠나라, 라고 하는데, 천만에요. 아무도 그렇게 떠날 수 없어요. 준비가 반드시 필요하지요. 칫솔 하나 챙기는 것도 준비니까요.

자, 헉 핀이 자기가 살해당한 것처럼 위장하는 것, 또 생필품들을 꼼꼼하게 챙기는 것을 보면서, 우리는 알 수 있어요. 헉 핀은 대단히 용의주도하고 치밀합니다. 헉 핀이 이렇게 치밀하게 대처하는 것은, 아버지로부터 도망쳐야 한다는 마음이 그만큼 절박하기 때문이지요. 절대로 그에게 붙들리거나 마을 사람들에게 들켜서는 안 되기 때문이지요.

홀쩍 떠난다, 라는 말을 다시 한번 생각합시다. 헉 핀의 치밀함은 현재의 상황에서 반드시 벗어나야 한다는 마음과 떠난 뒤에 혼자 살아내야 한다는 절실함에서 나옵니다. 그리고 그 떠남이 효과적이기 위해서는 준비가 필요합니다. 헉 핀이 아버지로부터 벗어나는 세세한 과정을 반드시 읽어야 하는 이유이기도 합니다.

준비를 끝낸 헉 핀은 뗏목을 타고 밤을 이용하여 잭슨 섬에 도착하지요. 이곳은 그가 마을을 벗어나 강으로 나가기 전의 중간지대입니다. 이제 헉 핀은 자유로워졌습니다. 마을을 떠나 혼자가 되었지요. 그는 위험한 승부를 걸고 이겨낸 것이지요.

자, 잭슨 섬에서의 헉 핀의 생활을 봅시다. 여기서 무슨 일을 하는지, 누구를 만나게 되는지 봅시다. 그런데 왜 직접 강으로 혼자 뗏목을 타고 나가지 않고 이 중간지대를 두었을까요? 이는 헉 핀이 짐과 만나기 위한 장치이지요. 헉 핀은 백인 소년이고 짐은 도망친 노예인데 이 둘이 한 팀이 되기 위한 계기가 필요해요. 시간과 장소가 필요해요. 독자들은 잭슨 섬에서의 두 사람의 생활을 보면서 이들이 과연 한 팀이 될 수 있는지, 한 팀이 되기 위한 조건은 어떤 것이며, 두 사람은 이 조건들을 갖추고 있는지를 시험해볼 수 있는 것입니다.

그러기 위해서 짐을 만나기 전, 이 섬에 도착한 직후의 헉 핀의 생활과 감정 상태를 봅시다. 헉 핀은 탈출에 성공한 것을 알고 매우 흡족해합니다. 배를 타고 자기의 시체를 찾으러 왔던 마을 사람들이 허탕을 치고 돌아간 뒤 그는 하루 이틀 자유를 만끽합니다. 누워서 하늘을 보며 담배도 피우고 강이 흘러가는 것도 바라보고 심심하면 낚시도 하고…… 더 바랄 것이 없는 듯해요. 그러나 위험이 지나간 뒤의 안도감과 만족감은 곧 심심함으로 변해요. 외로워지기도 하고요. 이것을 잊으려고 계속 잠만 잘 수도 없고…… 그래서 헉 핀은 섬을 탐색하러 나서지요. 섬에는 갖가지 야생 열매도 많군요.

열매, 열매…… 어렸을 때 동네 뒷산 까마중나무에 새까맣게 달려 있던 열매를 따먹던 생각이 나네요. 그리고 뽕나무에 오디들이 얼마나 열렸게요. 그것도 정신없이 따먹었지요.

섬을 둘러보던 헉 핀은 모닥불 피운 흔적을 보고 그 섬에 자기 아닌 또 다른 사람이 있다는 것을 알게 됩니다. 그는 너무 놀라서 심장이 내려앉는 듯하지요. 고심 끝에, 전전긍긍하며 그는 숲속 무성한 나뭇잎들 사이로 망을 보고 있는데, 거기 담요를 뒤집어쓰고 자고 있던 사람이 일어나 담요를 벗는군요.

바로 짐이었지요. 너무 반가워서 헉 핀은 허겁지겁 그에게로 달려가지요.

그다음 장면은 다 아시지요? 짐은 물에 빠져 죽은 헉 핀이 다시 살아난 줄 알고 겁에 질려 애원하지요. "얘 얘 헉 핀, 나는 언제나 네 좋은 친구였잖니. 그러니 물속으로 어서 돌아가라." 어쨌든 헉 핀은 짐을 보고 너무나 반가워서, 나는 정말이지 너무 반가웠다, 라고 계속 말합니다.

왜 이리 짐이 반가울까요? 헉 핀이 그동안 외로웠기 때문이지요. 난 짐을 만나서 너무나 기쁘다, 난 이제 더 이상 외롭지 않으니까. 그렇게 분명하게 헉 핀은 말합니다. 그런데 짐은 마을에서 도망친 거잖아요. 그 사실을 알고도 헉 핀은 계속 같은 감정일까요? 그 장면을 봅시다.

■■■ "너 어째 여기 있니? 말 안 할래? 말해봐."

"너 그럼 절대 고발 안 한다고 약속할래?"

"그래, 약속할게."

"나 도망쳤어."

"짐!" (40)*

* 이 책의 인용문은 저자가 번역한 것임. 사용한 텍스트는 *Adventures of Huckleberry Finn* 〈Oxford World's Classics〉(Oxford University Press, 1999)이며, 이후 인용 쪽수는 이 책에 의거한 것임.

노예가 도망쳤다는, 이 무서운 말을 하는 사람도, 이 말을 듣는 이의 반응도 이렇게 간단합니다. 다른 말이 들어갈 여지가 없을 만큼 충격적인 사건이라는 소리이지요.

좀더 봅시다. 충격받은 헉 핀을 보고 짐은 뭐라고 하나요? "너 말했지, 고발하지 않겠다고. 너 그렇게 말했지?" 헉 핀은 어떻게 대답하나요? "그래, 그랬어. 내가 그렇게 말했고, 그리고 그걸 지킬 거야." 이렇게 짐은 다짐을 받은 다음에야, 그것을 믿고 사실을 털어놓았어요. 이렇게 헉 핀과 짐의 관계는 말에 대한 약속으로 시작하는군요. 헉 핀은 짐에게 자신의 말을 지키기로 합니다.

그럼 헉 핀은 도망 나온 짐을 고발하지 않겠다는 자신의 행동이 세상의 눈에 어떻게 보일는지 모릅니까? 아니지요. 곧 이어 헉 핀은 말합니다. "사람들은 나를 비열한 노예폐지론자라고 하겠지. 날 욕하겠지. 그러나 나는 약속을 지킬 거다. 어쨌건 나는 그곳으로 다시 돌아가지 않을 거니까." 톰의 경우에도 헉 핀의 아버지의 경우에도, 말이 장황하고 과장되면 그만큼 헛말임이 증명되었었지요. 그러나 헉 핀과 짐의 경우에는 꼭 필요한 말만 오가고 그대로 지켜집니다. 이렇게 짐을 고발하지 않겠다는 헉 핀의 약속을 근거로 하여 두 사람의 관계가 시작되는 것에 주목합시다. 앞으로 두 사람의 관계는 헉 핀이 짐과의 약속을 지키는가의 여부에 달려 있으니까요.

자, 이제 두 사람이 함께 생활하는 것을 봅시다. 비를 피해 동굴로 들어가기도 하고, 요리를 해먹기도 합니다. 두 사람이 같이 일을 하는 것을 보면 손발이 척척 맞으면서 자연스럽게 분업이 이루어지지요. 헉 핀이 짐에게 너는 노예니까 다 해라, 이런 건 전혀 없지요. 아주 편안하게 함께 생활하는 거예요. 헉 핀에게서는 짐을 만나기 전까지의 외롭고 무료하고 긴장된 듯하던 느낌이 사라졌어요. 도망친 노예를 고발하지 않고 함께 있는데도요. 그건 대단히 큰 불안과 긴장을 안고 있는 문제인데도요.

자, 헉 핀과 짐의 관계가 시작되면서 헉 핀이 아버지에게서 완전히 해방된 것을 보여주는 사건이 일어나지요. 강은 노예제도에서 자유롭지만, 그러나 범법자들, 부랑배들이 숨어드는 곳이기도 하지요. 어느 날 떠내려온 난파선에 총 맞아 죽은 사람이 누워 있군요. 짐이 그의 얼굴을 걸레로 덮어버려 헉 핀은 볼 수 없었지만, 그것은 헉 핀의 아버지였지요. 그 사실을 짐은 아주 나중에서야 헉 핀에게 알려줍니다. 어린 헉 핀에 대한 짐의 속 깊은 배려였던 것이지요. 이래서 헉 핀은 아버지의 폭력에서 벗어나게 되는군요. 그리고 앞으로 밝혀지겠지만 그 자리에 그를 아껴주고 가르쳐주고 정을 주는 짐이 들어서게 되는 것이지요.

자, 이런 식으로 두 사람의 관계는 계속되고 있어요. 그들의 생활을 보면 두 사람은 한 팀이 될 수 있는 것처럼 보여요. 백인이냐 검둥이냐, 주인이냐 노예냐가 문제되지 않아요. 헉 핀은 약속을 지킨다고 했고, 짐은 그 말을 믿습니다. 그 신뢰 위에서 인종을 초월하고 신분도 상관없이 서로 도울 수 있는 가능성을 보여주지요.

물론 헉 핀은 개구쟁이 아이에 불과해요. 그래서 무심결에 마을에서 노예를 대하던 습관이 드러나기도 하지요. 가령 짐의 담요에 뱀을 숨겨두는 것도 그런 예이지요. 헉이 재미로 한 장난 때문에 짐은 뱀에게 물려 나흘 밤낮을 헛소리를 하고 죽다가 살아납니다. 언젠가 신문에서 신부이자 철학자가 쓴 글을 읽은 적이 있어요. 타자들의 운명 또는 피조물의 슬픔에 대해서 생각해본 적이 있는가, 라고 묻고 있었지요. 괴로워서 소리 지르며 고통을 겪는 짐을 자세하게 묘사하는 의도가 여기 있지 않을까요? 자신의 무심한 행동 때문에 고통을 겪는 짐을 보면서 헉 핀이 전에는 생각하지 못했던 것을 깨달아가는 과정을 보여주는 것이지요. 헉은 다시는 그런 장난을 하지 않겠다고 혼자 다짐합니다. 앞으로 이런 식으로 짐에 대한 헉 핀의 태도가 변해가는 것에 유의합시다.

잭슨 섬에서의 생활은 오래 지속되지 못합니다. 헉 핀과 짐은 낚시도 하고 장난도 하며 시간을 보내지만, 헉 핀이 지루해지기 시작하기 때문이지요. 둘은 의논 끝에 헉 핀이 여장을 하고 밤에 마을로 가서 정황을 살피기로 합니다. 이 부분은 그러니까 본격적으로 모험이 시작되기 전의 예비탐사인 것이지요.

생각해보세요. 헉 핀이 처음 잭슨 섬에 혼자 왔을 때 곧 심심해지고 외로워졌지요. 그러던 차에 짐을 만나 너무 기뻤지요. 나는 짐을 만나서 정말 너무 기뻤다, 나는 이제 외롭지 않았다, 이렇게 말한 것을 우리는 기억합니다. 그래서 짐을 만난 뒤부터 도망 온 짐의 상황을 알고 난 뒤에도 두 사람은 일상적인 일들을 서로 나누어서 재미있게 해나갑니다. 그러나 얼마 지나서 헉 핀은 또 심심해지잖아요. 혼자 있으면 심심하고, 둘이 있으면 안 심심하고…… 늘 그런 것은 아니지요. 늘 둘이서 낚시질만 할 수 없잖아요. 그들에게는 지속적으로 정신을 쓰고 행동을 할 수 있는 일이 필요한 것이지요. 그래서 두 사람은 잭슨 섬에 머물 수 없어요.

앞으로 반복되어 나올 것인데요, 두 사람은 심심해서 마을로 나가 한바탕 경험을 하고 뗏목으로 돌아오고, 다시 마을로 나갔다가 돌아오기를 반복합니다. 그럴 때마다 마을의 혼돈과 폭력은 뗏목의 평화가 소중함을 새삼 깨닫게 해주지요.

언젠가 본 영화의 한 장면이 떠오르네요. 깊은 산골 절벽 위에 수도원이 있어요. 검은 사제복을 입은 수도사들이 높은 절벽 위에서 저 아래 마을 쪽을 내려다보고 있어요. 마을에서 누군가 오기를 기다리면서 말이지요. 신에게 귀의하고 세속을 떠난 이들이지만 두고 온 세상을 잊을 수가 없는 듯했어요. 세상은 그들을 잊었는데 말이지요. 글쎄요, 신에게 제대로 귀의하기 위해서라도, 울고 웃는 속세와 연결되어야 하는지도 모르지요. 그래요. 마을은 헉 핀이 죽은 줄 알고 찾지 않는데 헉 핀은 마을이 궁금해서 견딜 수가 없어요.

밤중에 헉 핀이 여장을 하고 마을의 외딴 집에 혼자 앉아 뜨개질을 하는 아주머니와 만나는 장면을 봅시다. 여자 옷을 입고 모자를 쓰고 여자아이 걸음 흉내를 내며 연습하는 것들이 자세하게 묘사되고 있어 웃음을 참을 수 없게 합니다. 이런 부분이 이 소설의 재미를 한층 더해주지요. 이런 부분들을 건너뛰고 읽지 않으면 이 소설의 묘미를, 깨소금 같은 맛을 놓치는 거예요. 자, 이 에피소드는 앞으로 헉 핀이 겪게 될 많은 모험들 중에서 첫 번째 모험이고, 이때 만나는 아주머니는 앞으로 만날 많은 사람들 중에서 첫 번째 사람이에요.

오두막에 혼자 있던 아주머니는 반짝이는 작은 눈으로 헉 핀을 유심히 살피지요. 헉 핀이 여장한 것을 알고도 야단치면서 소리 지르는 대신 차분하고 재미있게 헉 핀에게 이 말 저 말 시켜가면서 그가 남자아이라는 것이 저절로 드러나게 하지요. 구멍에서 내다보는 쥐를 향해 물건을 던져보라고 시키기도 하고, 헉 핀이 여자 이름을 대자 잠시 후 갑자기 다시 이름을 묻기도 하면서 헉 핀이 진땀 흘리게 만들지요. 만만치 않은 아주머니,

다정하고 배려 깊습니다.

아주머니는 조용하게 또 유쾌하게 헉 핀에게 말하는군요. “나에게 다 말해봐라. 그리고 나를 믿어라. 너를 고발하지도 않을 뿐더러 널 도와주겠다.” 여기서 날 믿으라는 말에 주목하게 됩니다. 술주정뱅이 아버지에게 갇히고 매 맞다가 도망쳐서 이제는 고아가 된 헉 핀, 그는 앞으로 좋은 사람도 만나고 나쁜 사람도 만날 것입니다. 악당들, 사기꾼들을 통해 인간의 어두운 면을 질리도록 경험할 것입니다. 그러나 그는 동시에 자기를 믿는 착한 이들도 만날 테지요. 이런저런 일들을 겪은 뒤, 헉 핀은 어떤 사람이 될까요? 그는 인간에 대한 믿음을 유지할까요, 아니면 그 반대가 될까요?

자, 예를 들어봅시다. A는 좋은 사람을 두 명 만났고, 나쁜 경험을 한 번 했어요. 그런데 그는 나쁜 경험만을 기억하고 사람을 불신합니다. B는 좋은 사람을 한 명 만났고, 나쁜 경험을 두 번 했어요. 그런데 좋은 경험만을 간직합니다. 이럴 경우 경험이나 환경에 의해 인간이 좌우된다는, 일반적인 견해는 맞지 않지요. 그럼 무엇일까요? 우리의 어떤 천성 또는 본성일까요? 19세기 들어서면서 미국 사회에는 초기의 정신적인 구심점이었던 청교주의가 기울어지지요. 전지전능한 신 앞에서 인간은 날 때부터 죄인이다, 아무것도 아니다, 라는 교리는 쇠약해지지요. 인간 속에도 신성이 있다, 대자연 속에도 신성이 있다,

그러니 우리 자신을 믿고 신뢰하자, 라는 것이 이 시기 번성했던 초절주의의 핵심이지요. 우리가 알게 될 헉 핀의 특징도 이런 시대정신과의 연관 속에서 생각해볼 수 있겠지요.

이날 밤 헉 핀은 아주머니로부터 결정적인 소식을 듣게 되는군요. 잭슨 섬에서 연기 나는 것을 본 마을 주민들이 그날 밤 섬으로 노예를 잡으러 갈 것이라는 것이지요. 자, 아주머니가 헉 핀에게 알려주는 소식은 헉 핀에게뿐만 아니라, 우리 독자들에게도 중요합니다. 이 소식으로 우리는 헉 핀과 짐이 마을에서 어떤 존재들인지, 그들의 객관적인 위치가 어떠한지를 알게 됩니다. 도망노예 짐에게는 상금이 걸려 있어요. 헉 핀이 바라던 대로 마을 사람들은 헉 핀이 죽은 줄로 알아요. 자, 그런데 헉 핀은 짐을 고발하지도 않고 보호해주고 있어요. 헉 핀은 자신이 우려했던 대로 범법자가 되었어요. 이제 잭슨 섬이 위험한 것을 알았으므로 그들은 지체할 수 없어요. 이날 밤 두 사람은 혼비백산하여 섬을 떠나 뗏목을 타고 내려갑니다. 두 사람만의 잠깐 동안의 평화는 이렇게 끝나고 말지요. 세상과 분리된 별개의 평화는 오래 계속될 수 없나 봅니다.

Adventures of
Huckleberry Finn

제5강

이제부터 본격적인 두 사람의 모험이 시작됩니다. 이들의 상황은 이전과는 다릅니다. 마을의 눈으로 보면 한 사람은 상금이 걸린 도망노예이고, 또 한 사람은 도망노예를 보호하는, 비열한 자예요. 두 사람 모두 범법자들이에요. 이 사실을 그들은 확인했어요. 이제부터 그들은 사람들의 눈을 피해야 하며, 밤을 타고 강을 따라 이동할 것입니다. 어디로? 노예 제도가 없는 곳을 향해서, 다시 말해 자유를 찾아가는 거지요. 그런데 말이지요, 그들이 도망자들일 뿐인지 아니면 새로운 공간을 찾아가는 사람들인지는 두 사람에게 달려 있어요. 다시 말해 이런 상황 아래서 두 사람의 관계가 어떻게 변하는가에 달려 있어요. 그리고 바로 여기에 강이 자유로 통하는 길인지, 대안 질서로 연결되는 길인지도 달려 있어요.

자, 몇 날 며칠을 강을 따라 내려가는 두 사람. 그들과 동행하며 비로소 우리 독자들은 강의 존재를 온전하게 실감하게 됩니다. 두 사람은 떠내려오는 생필품들을 건져 뗏목을 손질하기도 하고 밤의 소리에 귀를 기울이기도 하지요. 강 양쪽으로 마을의 야경이 찬란하네요. 하늘에는 무수한 별들이 반짝이고요. 뗏목 위에 누워 정적에 싸인 큰 강을 따라 흘러가는 그들의 존재는, 그래요, 광막한 우주 속을 떠가는 일엽편주이지요. 이 우주의 무한한 정적이 나를 침묵하게 한다, 어느 철학자의 말도 생각나네요. 자, 여기 문장을 읽어보지요.

■■■ 둘째 날 밤 우리는 시간당 4마일로 흐르는 강을 따라 7~8시간을 내려갔다. 우리는 고기를 잡았고, 이야기를 주고받고, 졸음을 쫓기 위해 이따금 멱도 감았다. 누워서 별을 바라보며, 크고 조용한 강을 떠내려가는 것은 뭐랄까 장엄한 느낌이었다. 우리는 큰 소리로 말하고 싶지 않았으며, 잘 웃지도 않고 그저 낮은 소리로 킬킬거릴 뿐이었다. 날씨는 상당히 좋았고, 우리에게는 아무 일도 일어나지 않았다. 그 밤에도, 그 다음날 밤에도, 또 그 다음날 밤에도. (60)

'장엄한solemn'이라는 단어가 눈에 띄지요? 거대한 정적에 싸인 강을 따라 내려가면서, 밤하늘의 별들을 바라보면서, 그들은 우주 안에서 한없이 작은 자신들의 존재를 느끼겠지요? 새삼 경외감에 숙연해지겠지요? 그래서 두 사람은 저절로 큰 소리로 웃는 것을 삼가고 말을 아끼게 됩니다. 그리고 삼라만상과 대자연에 귀를 기울이지요. 생각해보세요. 기술 문명의 발달이 인간에게 삶의 편리함을 주었다면, 그 대신 빼앗아간 것은 무엇일까요? 그래요. 우리 인간이 머리 숙여 경배할 대상이 사라졌지요. 인간이 자연을 파괴하고 우주를 정복하려 하면서 경외를 느낄 수 있는 대상이 사라진 것이지요. 착취하고 이용하며 길들일 수 있는 대상에게 누가 외경심을 느낍니까?

위의 문장은 여전히 인간이 자연 앞에서 경외를 느낄 수 있었던 때를 보여주는군요. 그런데 문제는 인간은 정복하고 착취하면서도, 그럴수록 더욱 자신을 낮추고 복종할 대상을 찾는다는 것이지요. 사이비 종교가 성행하고 나치의 홀로코스트가 가능했던 것도 인간의 이런 심리, 자기보다 더 큰 것을 경배하고 싶은 욕망과 관계있지 않을까요? 그것이 신이든 이데올로기이든 말이지요.

자, 강 위에서 헉 핀과 짐이 마을에서는 가능하지 않은 이런 외경의 순간을 함께 경험하는 것은 중요합니다. 이런 순간을 거치면서 마을에서 묻은 때를, 잘못된 습관과 편견을 씻어내는 것이 아닐까요? 자연의 장엄함은 그들을 겸허하게 하면서 동시에 의연하게 만들지요.

자, 헉 핀과 짐은 뗏목을 타고 강을 따라 내려가며 많은 이야기를 나누기도 합니다. 그리고 그들의 이야기들을 통해서 우리는 헉 핀에 대해서, 무엇보다 짐에 대해서 좀더 알게 됩니다. 어느 날 헉 핀이 짐에게 솔로몬 왕의 지혜에 대해 말해줍니다. 우리도 다 잘 아는 이야기죠. 한 아이를 놓고 두 여자가 서로 자기 아이라고 우깁니다. 이때 솔로몬이 판결을 내려요. "아이를 너희 둘이 서로 잡아당겨라. 자기 쪽으로 잡아당기는 여자가 엄마다." 이 판결이 왜 지혜로운 판결인가요? 솔로몬은 진정한 엄마는 아이를 사랑하므로, 아이가 둘로 쪼개지는 것을 견디지 못하고 손을 놓아버릴 것을 알고 있었던 것이지요.

그러나 이 이야기를 들은 짐의 의견은 전혀 달라요. 그는 솔로몬의 판결이 지혜롭다는 의견을 받아들일 수 없어요. 그러면서 아주 웃긴다는 듯이 말합니다. 그게 무슨 지혜냐. 아니다. 그건 왕궁에 여자들이 많고 애새끼들이 득시글거리니까 애 소중한 것을 모르는 자의 판결이다. 아이 하나쯤 둘로 쪼개진들 어디 티가 나겠느냐. 아이가 소중한 곳에서는 꿈엔들 그런 소리가 안 나온다……

어때요? 짐의 말이 일리가 있지 않아요? 그러나 헉 핀은 이런 식으로 솔로몬 왕의 판결을 해석할 수 없어요. 제도 속에서 인정되는 의견을 그대로 받아들이니까. 비판적으로 보는 훈련은 부족하니까. 무엇보다도 짐의 위치, 소외자, 주변인의 입장에 서 본 일이 없으니까. 안에만 있으니 밖에서 어찌 보이는지 알 도리가 없는 것이지요. 안에도 있어보고 밖에도 있어보고 중심에도 있어보고 경계선에도 있어보아야겠지만 그럴 수 없는 것이지요. 그래요. 우리는 자기의 시각이 한정되어 있다는 것을 쉬지 않고 점검하고 인정해야겠지요.

우리는 앞에서 강이 자동적으로 마을의 대안 공간이 될 수는 없다고 말했어요. 헉 핀과 짐이 선택한 삶도 마찬가지이지요. 강이 언제나 그들에게 안전을 보장하지는 않아요. 강에는 난파선이 떠내려오고, 그 안에는 불량배들도 죽은 사람도 있어요. 뿐만 아닙니다. 두 사람은 자연의 돌발적인 위협 앞에 노출되어 있어요. 때로는 폭풍과 안개 속에서 길을 잃고 죽을 고비를 넘기기도 하지요. 두 사람 사이에 위기도 있어요. 또 예기치 않은 침입자들도 등장합니다. 또 도망노예를 찾아다니는 사람들을 피하기 위해 낮에는 숨어 있다가 밤에만 움직여야 하지요.

그렇다면 헉 핀과 짐을 강 위에서 만나는 다른 불량배들과 구별되게 하는 것은 무엇일까요? 그 차이가 있어야 이들이 범법자가 아니고 마을과는 다른 가치를 찾아가는 집단이 될 것입니다. 그렇지요. 그것은 강 위에서의 두 사람의 관계, 앞으로 두 사람 사이에 일어나는 관계의 변화에 달려 있을 것입니다. 마을의 노예 제도에서 비롯된 그들의 관계가 강 위에서는 극복되어야 하는 것이지요. 무엇보다 마을이 무의식적으로 헉 핀의 내면에 새겨넣은 짐에 대한 편견과 무지가 고쳐져야 할 테지요.

그런 의미에서 이제 우리가 살펴볼 15장, 안개 속에서 두 사람이 서로 길을 잃고 헤매다가 만나는 장면은 대단히 중요합니다. 이 장면을 계기로 헉 핀과 짐 사이에 근본적인 변화가 가능하다는 것을 알게 되기 때문이지요. 또 두 사람이 본격적으로 마을의 모험에 뛰어들기 전에 그들의 관계가 정립되어야 한다는 것을 강조하지요. 자, 무슨 일이 일어났는지 보세요.

짙은 안개와 폭풍 속에서 카누를 타고 나갔던 헉 핀은 길을 잃고 짐이 타고 있던 뗏목을 찾으려 강 위에서 헤매는군요. 소리 지르고 또 지릅니다. 그러나 안개는 점점 짙어지고 한 치 앞을 보지 못하지요. 기진맥진한 그의 눈에 사방에서 뗏목이 떠내려오는 듯하고, 그래서 필사적으로 노를 저어 가보면 통나무가 떠내려오는 것이죠. 어디선가 우우우우, 짐이 자기를 부르는 소리가 들리는 듯하면 헉 핀도 필사적으로 우우우우 고함을 쳐보고…… 이런 식으로 얼마나 시간이 흘렀는지 모릅니다. 그러다가 헉 핀은 짐이 탄 뗏목을 발견, 그 안으로 들어가 기진맥진해서 잠들지요. 잠에서 깨어보니 안개는 흔적도 없이 사라지고 밤하늘에는 별들이 총총하고, 뗏목 위에는 역시 짐이 기진맥진한 채 잠들어 있어요. 뗏목 한쪽에는 부서진 노가 팽개쳐져 있고 나뭇잎들, 흙들, 쓰레기들이 어지럽게 흩어져 있어 안개 속에서 짐이 헉 핀을 찾느라고 얼마나 힘든 시간을 보냈는지를 고스란히 보여주었지요.

자, 천신만고 끝에 뗏목에 찾아들어 잠이 들었던 헉 핀, 그는 잠에서 깨어 여전히 기진맥진 잠에 빠져 있는 짐을 보고 어떻게 했을까요? 반가워서 짐을 흔들어 깨웠을까요? 그러는 대신 헉 핀은 순간 장난기가 발동을 해버렸어요. 자기도 모르게 그렇게 됐을 거예요.

보세요. 헉 핀이 순전히 재미로 어떻게 짐을 골탕 먹이는지를. 그리고 짐이 어떻게 반응하는지를. 먼저 헉 핀은 시침 딱 떼고 지쳐서 잠자고 있는 짐을 흔들어 깨우는군요. "야 야, 짐, 어서 일어나. 웬 잠을 이리 자냐?" 눈을 뜬 짐이 어떤 반응을 보였을까요?

그래요. 잠을 깬 짐은 자기 눈을 믿을 수 없었어요. 눈앞에 살아 있는 헉 핀을 보고 믿을 수가 없었지요. 안개와 폭풍 속에서 서로를 잃고, 서로를 찾느라 거의 죽을 지경이 된 상태였으니까요. 그런데 죽은 줄 알았던 헉 핀이 눈앞에 생글거리며 앉아 있으니까요. 짐은 너무 반가운 나머지 제정신이 아니에요. 그는 정신없이 헉 핀을 얼싸안으며 반가워합니다. "너, 헉 핀 맞니, 맞아, 이게 꿈이냐 생시냐, 너 헉 핀이구나. 이렇게 멀쩡하게 살아 돌아왔구나." 그래요, 보지 않아도 알겠어요. 울고 웃으며 짐은 반갑고 고마워서 난리가 났지요.

그런데 짐의 이런 모습을 보며 헉 핀은 아주 쿨하게 말하는군요. “짐, 웬 수선을 이리 피우냐. 도대체 자면서 무슨 꿈을 그렇게 꾼 거야? 내가 어딜 갔다 왔다는 거야? 여기 계속 있었는데.” “뭐라고? 너하고 나하고 헤어져서 안개 속에서 서로 이름을 불러대고 헤맸잖아.” “왜 이래, 너 꿈꾼 거라고. 꿈을 꾼 거야.”

짐은 도저히 믿을 수 없었지만 헉 핀이 너무도 천연덕스러우니 미심쩍으면서도 한참만에야 생각을 바꾸지요. 그러면서 말하는걸 보세요. “그래? 그런데 꿈을 꾸었는데, 이상도 하네. 이렇게 피곤하니.” 헉 핀은 확실하게 못을 박지요. “꿈이 하도 요란하면, 그렇게 지치는 거야. 그래, 어떤 꿈을 꾸었는지 말해봐.” 짐은 장황하게 꿈에서 있었던 일을 말하지요. 조금씩 보태기도 하면서 의기양양하게 이야기에 열중하지요.

자, 여러분, 조마조마하지 않아요? 헉 핀은 이렇게 감쪽같이 짐을 속여 넘겼으니까. 나중에 짐이 사실을 알게 된다면? 그래요. 그런 일이 곧 일어납니다. 짐이 꿈 이야기를 한창 신이 나서 하고 있는 사이, 날이 갰군요. 환해진 하늘 아래 뱃전에 어지럽게 흩어져 있는 나뭇잎들, 부러진 노, 쓰레기 등이 그대로 드러납니다. 그러자 헉 핀은 이 모든 것들을 가리키며 한창 꿈 이야기에 빠져 있는 짐에게 묻는군요. “그건 그렇고, 이것들은 다 뭐니?”

지금까지의 과정을 우리, 잘 따라왔지요. 짐은 헉 핀이 우기는 바람에, 넌 꿈을 꾸었을 뿐이라는 핀잔에, 겨우, 가까스로

아, 그런가, 꿈이었구나, 하고 생각을 바꾸게 되었지요. 그리고 꿈 이야기에 한창 빠져들게 되었던 거지요. 그런데 이제 와서 헉 핀이 다시 돌변하여 의기양양하게 묻는 거잖아요. "그래? 그럼 이 쓰레기들은 뭔데?"

이런 헉 핀이 어떻게 보입니까? 얄미운가요, 어이가 없나요? 우리가 짐이었다면 어떻게 느꼈을까요? 짐의 반응을 봅시다. 너무도 신이 나서 꿈 이야기를 하던 짐은 헉 핀의 질문에 처음에는 갈피를 잡지 못하지요. 꿈을 쉽게 떨쳐버릴 수도 없었고요. 그러다가 드디어 그는 사태를 알아차립니다. 헉 핀의 장난에 자기가 감쪽같이 속아 넘어갔으며, 헉 핀이 자기를 우롱했다는 것을 마침내 알게 된 것이지요. 이때 짐의 태도를 보세요. 그의 말을 들어보세요. 짐은 결코 웃지 않으면서 헉 핀을 똑바로 쳐다보며 이렇게 말합니다.

■■■ "저것들이 뭐냐고? 말해주지. 내가 너를 찾아 부르다가 기진맥진해서 잠들 때, 너를 잃어버려 내 가슴은 찢어지는 것 같았어. 그래서 나한테 무슨 일이 생기건, 뗏목이 어찌되건 상관도 않았어. 그리고 잠에서 깨어 네가 아주 멀쩡하고 안전하게 돌아온 것을 알았을 때, 눈물이 쏟아졌어. 무릎을 꿇고 네 발에 입이라도 맞출 수 있었어. 그만큼 고마웠으니까. 그런데 네가 생각한 것이라고는 기껏, 어떻게 거짓말로 이 늙은 짐을 골탕먹일까, 였지. 저기 있는 저

> 잡동사니들은 쓰레기야. 그리고 쓰레기란 친구들에게 비열한 짓거리를 해서 부끄럽게 만드는 인간들을 말하는 거야."
>
> 그리고 그는 천천히 일어나서 배 안의 오두막 안으로 들어갔다. 아무 말도 하지 않고 그대로. 그러나 그것으로 충분했다. 그것은 나를 너무도 부끄럽게 만들었으므로 나는 그가 그 말을 취소하도록 하기 위해서는 그의 발에 입이라도 맞출 수 있을 것 같았다. (79-80)

잘 읽어보세요. 헉 핀에게 이렇게 말할 때의 짐의 태도는 침착하고 진실합니다. 그는 헉 핀에게 화를 내거나 흥분하거나 그냥 웃어넘기지 않아요. 이 순간 짐의 말과 행동에는 헉 핀에 대한 실망이 녹아 있어요. 다른 사람의 신뢰와 사랑을 우롱하는 것이 부끄러운 일임을 느끼게 하고 있어요.

우리는 짐의 태도에서 어른의 모습을 봅니다. 그는 자기가 믿고 사랑하는 헉 핀이 자기를 우롱했을 때, 분명하게 그 잘못을 지적합니다. 짐의 이런 태도에는 자존감이 있어요. 노예라는 우리의 편견을 넘어서고 있어요. 그의 태도는 인간의 존엄과 믿음에 대해 생각하게 합니다. 그리고 자신의 잘못을 뉘우치게 만들어요. 짐의 이런 의연한 태도는 그가 처한 상황을 생각할 때 더욱 돋보입니다.

생각해보세요. 그가 안전하게 노예 지역을 빠져나가 자유를 찾게 될는지는 헉 핀에게 달려 있어요. 위태롭고 불안한 처지

예요. 그가 그걸 모를 리가 없어요. 그런데 그는 지금 헉 핀을 나무라고 있어요. 수치를 느끼게 하고 있어요. 그의 이 태도는 비굴하지 않아요. 헉 핀에게 자신이 실망했다고 말하고 있을 뿐이지요. 이것은 마을의 눈으로 보면 놀라운 일입니다. 노예는 백인에게 비굴하거나 비위를 맞추지 않습니까? 주인에게 잘 보여야 하니까요.

이런 이유로 짐의 꾸짖음을 헉 핀이 어떻게 받아들이느냐가 대단히 중요합니다. 짐의 운명을 헉 핀이 쥐고 있으니까요. 다시 말해 강자는 헉 핀이니까요. 그러므로 둘의 관계가 이 순간 무너지는가, 또는 앞으로 진실하고 동등하게 성숙할 수 있는가, 하는 것은 헉 핀에게 달려 있어요. 그가 짐의 질책에 담긴 진실을 알아차리고 받아들일 수 있느냐, 어려운 일이에요. 헉 핀도 마을에서 자란 아이니까요.

그런데 보세요. 헉 핀이 짐의 말과 태도 앞에서 느끼는 감정은 어떤 것인가요? 분개하는 것이 아니라 그는 부끄러움에 몸 둘 바를 모릅니다. 그래요. 이 백인 소년은 노예 앞에서 자신의 잘못된 행동을 깊이 뉘우칩니다. 누군가 말했지요. 인간이 부끄러움을 느낄 줄 아는 것이 희망이라고. 왜냐하면 부끄러움을 느낄 수 있다는 것은 우리 안에 여전히 도덕심이 살아 있다는 표시이기 때문이라는 것이지요.

헉 핀은 자신이 짐에게 어떤 짓을 했는지 깨닫고 수치심을 느낍니다. 뿐만 아니에요. 자신의 잘못을 인정하고 짐에게 사과합니다. 이 부분을 읽으면서 헉 핀이 의젓하고도 귀여운 소년임을 확인합니다. 그는 도덕적으로 성숙할 수 있는 아이예요. 백인이 노예에게 자신의 잘못을 인정하는 것이 당시 사회에서 불가능하다는 것을 짐작할 수 있기 때문이지요. 그런데 헉 핀은 15분 동안이나 어쩔 줄을 모르다가 드디어 짐에게 잘못을 빌었어요.

■■■ 내가 나를 추스르고 검둥이에게 가서 잘못했다고 하기까지 15분이 걸렸다. 그러나 나는 그렇게 했고, 이를 나중에 결코 후회하지 않았다. 나는 더 이상 그에게 못된 장난질을 하지 않았다. 그리고 그 장난질이 그를 그렇게 맘 상하게 할 줄 알았더라면 그 장난도 치지 않았을 것이다. (80)

헉 핀은 짐에게 깨끗하게 사과했고 이를 절대 후회하지도 않았어요. 헉 핀은 남부의 어떤 백인 농장주들보다 더 신사예요. 자기 잘못을 인정하고 사과할 줄 알기 때문이지요. 상대가 노예일지라도. 그리고 헉 핀이 사과한 뒤에 하는 말이 중요합니다. 앞으로 절대로 짐에게 장난을 치지 않겠다고 결심하면서 이렇게 말하잖아요. 짐이 이렇게 느낄 줄 알았으면 이번 장난도 치지 않았을 것이라고. 자, 이 일을 계기로 짐은 헉 핀에게 중요한 것을 가르쳐주었어요. 짐도, 노예도 부당한 대접을 받으면 이를 느낄 줄 아는, 백인과 똑같은 인간이라는 것, 서로 믿는 사람끼리 진실을 우롱해서는 안 된다는 것 등이지요. 그렇지요. 이때 짐은 헉 핀에게 진정한 어른이자 보호자의 역할을 했어요. 사랑과 질책을 해줄 수 있으니까요.

이 장면을 읽으면 기억나는 것이 있어요. 그때가 1980년대 초인지 어린 버스여차장들이 아직 있을 때였어요. 어느 날 버스를 탔는데 퇴근시간이라 좀 복잡했나 봐요. 차장이 내 등을 막 떠밀었고 내가 뭐라고 그랬어요. 무슨 말인지 모르겠지만 떠밀지 마, 뭐 이랬겠지요. 하여간에 당장 여차장이 나한테 쏘아붙였어요. 왜 반말해요! 겨우 올라탄 만원버스 입구에 선 채 나는 얼떨결에, 어머 미안해요, 라고 했어요. 그때의 일이 그 뒤에도 가끔 생각났어요. 여차장이 그런 식으로 쏘아붙이지 않았으면 나도 모르게 반말했다는 것도 몰랐을 거예요. 그 뒤로도 같은 실수를 반복했을지도 모르고. 그러니까 그 어린 차장이 그때 날 야단친 것은 잘한 것이에요. 무심코 어른이 쥐어박을 때, 왜 때려요, 아이가 소리쳐야 어른이 찔끔하지요.

하여간에 짐은 이 장면에서 확실하게 헉 핀을 가르쳐 주었어요. 정색하고 잘못을 지적할 수 있을 만큼 헉 핀에 대한 애정과 신뢰를 보여주었어요. 이는 짐이 헉 핀을 존중하고 자기 자신도 존중한다는 표시입니다.

제6강

자, 앞에서 안개 장면에 대해 알아보았지요. 그 사건을 계기로 우리는 헉 핀과 짐의 관계에 근본적인 변화가 일어나고 있다는 것을 알았어요. 새로운 관계의 가능성. 헉 핀이 자신의 행동에 부끄러움을 느끼고 짐에게 잘못을 인정함으로써 인종 차별을 넘어, 평등한 관계로 나아가는 것이었지요. 자, 오늘은 새롭게 확인된 그 관계가 법과 규범 앞에서 어떻게 시험당하는지를 살펴봅시다. 그때 헉 핀이 어떤 선택을 하는지 주목합시다.

그들의 이야기가 이렇게 전개되는군요. 헉 핀과 짐이 탄 뗏목이 우여곡절을 거치며 때로는 어렵게 때로는 재미있게 자유를 향해 가고 있어요. 그런데 말이지요, 자유에 가까워질수록, 새삼 헉 핀은 갈등을 느끼게 되지요. 그러다가 짐을 고발하려고 나섰던 그가 정작 마을 사람들을 만나서는 거짓말을 해요. 그들을 따돌리고 다시 돌아옵니다.

어떻게 된 일인지 그 과정을 봅시다. 짐을 고발하기 위해 나섰던 그가 무슨 일이 있었기에 다시 돌아온 것일까요? 그 사이 무슨 일이 생겨서 헉 핀은 결심을 바꾸었을까요? 이 사건을 보면서 우리는 과정의 중요성에 대해 생각하게 됩니다. 헉 핀이 원래의 결심을 번복하게 된 예측 못 했던 변수는 무엇일까요? 그러나 곰곰 생각해보면 그 변수는 예측할 수 있는 것이기도 해요. 앞에서 살펴본 헉 핀과 짐의 관계를 생각해보세요.

좀더 자세히 볼까요? 짐은 그들이 타고 있는 뗏목이 점점 더 카이로에 가까워진다고 생각되자 차츰 흥분하기 시작합니다. 카이로는 노예 제도가 적용되지 않는, 자유의 공간을 뜻하지요. 그곳에 도착하면 짐은 더 이상 도망친 노예가 아니고 붙들려 갈 위험에서도 벗어나게 되지요.

그래요. 두 사람은 카이로에 도착하게 되면 각각 도망노예, 도망노예를 돕는 자, 라는 낙인에서 자유롭게 되는 것이지요. 그러니 짐이 자유를 앞두고 흥분하는 것은 당연합니다. 그러나 헉 핀은 달라요. 헉 핀은 흥분하여 안절부절못하는 짐을 보며 그를 고발하지 않고 지금까지 보호해온 자기 행동을 새삼 사회적인 눈으로 바라보게 됩니다. 점점 육지에 가까워지고 있으니까요. 이 부분을 자세히 읽어보지요.

■■■ 나는 한 곳에 가만히 있을 수가 없었다. 내가 하고 있는 이 일이 어떤 일인지, 이전에는 결코 나에게 분명하지 않았었다. 그런데 지금은 분명해졌다. 그리고 사라지지 않고 계속 남아 점점 더 나를 괴롭혔다. 내가 비난받아야 할 일이 아니라고 나 자신을 설득하려 애썼으나 소용없었다. 그때마다 양심이 나서서 말했다. '그러나 넌 그가 자유를 찾아 도망치고 있다는 것을 알고 있었어. 넌 강변으로 노를 저어가 누군가에게 말할 수도 있었어.' 그랬었다 — 나는 피할 도리가 없었다. 바로 그 점이 찔렸다. 양심이 내게 말했다. '불쌍한 미스 왓슨이 너에게 무슨 짓을 했길래 그녀의 노예가 바로 네 눈앞에서 도망가는 것을 보고도 한마디도 하지 않는 거니? 그 불쌍한 늙은 부인이 너에게 무슨 짓을 했다고 그녀에게 이렇게 고약하게 구니? 세상에, 그녀는 너에게 책 읽기도 가르치려 했고, 예의범절도 가르치려 했고, 자기가 알고 있는 방법을 모두 동원해 너에게 잘해주려고 했다. 그것이 그녀가 한 일이다.'

나는 너무도 비열하고 비참하게 느껴져서 거의 죽어버리고 싶었다. 나 자신을 비난하며 뗏목 위를 왔다갔다하며 안절부절못했다. 짐 또한 안절부절못한 채 왔다갔다하며 서성거렸다. 우리 두 사람 누구도 가만히 있을 수가 없었다. 그가 펄쩍펄쩍 뛰며 "저기가 카이로다!" 라고 말할 때마다 그 소리는 총알처럼 나를 꿰뚫었고, 그 곳이 정말 카이로라면 난 비참해서 죽을 거라고 생각했다. (82)

그렇군요. 헉 핀이 드디어 자신이 진퇴양난에 빠진 것을 알게 되었군요. 그 일을 자초한 것이 다름 아닌 자기라는 걸 깨닫고 있군요. 여기서 헉 핀은 지금까지의 짐과의 관계를 생각하지 않아요. 대신 미스 왓슨이나 더글러스 부인, 다시 말해 마을 사람들과 자신의 관계를 생각하고 있어요. 헉 핀의 생각이 어떻게 변하고 있는지 모르는 채 짐이 계속 흥분하여 말하는 것을 보세요.

짐은 일어났다 앉았다 하면서 외칩니다. 나는 열심히 일해 한 푼도 쓰지 않고 다 모아 먼저 저 아래로 팔려간 아내를 다시 사겠다. 그다음 아내와 같이 열심히 일해서 한 푼도 쓰지 않고 모아 저 위로 팔려간 우리 아이들을 다시 찾겠다…… 이런 짐을 바라보며 헉 핀은 자기 행동이 사회의 눈에 어떻게 비치는지를 더 분명하게 깨닫게 되는 것이지요. 그가 느끼는 혼란과 갈등을 보세요. 그는 양심에 대해 말하는데 이때 그가 말하는 양심이란 사회적인 질서, 규범, 법을 지키려는 마음을 말합니다. 그래요. 헉 핀은 사회적인 눈으로 자기 행동을 보는 것이지요.

헉 핀은 지금 마을에서 자라면서 자기도 모르게 자기 속에 새겨진 권위와 감시의 눈으로 자신을 비난합니다. 마을이 가까워지자 마을의 눈으로 자신을 보는 것이지요. 그의 양심은 맹렬히 그를 비난하고, 그는 마침내, 그래, 아직 늦지 않았어, 첫 새벽에 강가로 노를 저어 가서 말하겠어, 라고 결정합니다. 헉 핀 속의 규범이 이기지요. 짐을 고발하기로 결정한 순간 헉 핀은 너무도 편안하고 행복해져서 새털처럼 가뿐해지는 거예요. 사회적 존재로서의 인간이 법에 거슬리는 행동을 하는 것이 어떤 갈등과 고민을 초래하는지를 이 장면은 잘 보여주고 있지요.

자, 헉 핀은 자신의 결정을 행동으로 옮길까요? 그는 짐을 고발하기로 작정하고 나서지만, 그러나 무슨 일이 일어납니까? 이 부분에서 작가는 헉 핀의 동작 하나하나, 감정의 움직임 하나하나를 자세하게 묘사하고 있는데, 여러분이 혼자 읽으면서 이 대목의 중요성을 알아보았다면 정확하게 짚어낸 것입니다. 함께 읽어봅시다.

짐을 고발하기로 결정하고 마음이 편안해진 헉 핀이 첫 새벽의 불빛을 보고 마을을 향해 노를 젓기 시작합니다. 이때 짐은 헉 핀의 등 뒤에서 뭐라고 외칩니까? 내가 자유롭게 되는 것은 전부 헉 핀 너 때문이다. 헉 핀, 너는 내 유일한 친구이고 제일 좋은 친구이다…… 짐은 헉 핀에게 완전한 믿음을, 진정한 고마움을 표시하는군요. 그래요. 헉 핀의 마음을 움직인 것은 바로 짐의 이 말이지요. 짐이 자기를 이렇게 철석같이 믿는다는 말에 헉 핀의 결심이 흔들리려 해요. 그는 자기가 고발하려 나선 것이 잘한 일인지 확신이 없어지려 합니다.

그 상태로 계속 노를 저어가는 헉 핀의 등 뒤에서 짐은 또 외칩니다. "헉 핀은 불쌍한 짐에게 약속을 지킨 유일한 백인 신사야." 이 말을 듣고, 헉 핀은 안 돼, 난 가야 해, 흔들리는 마음을 더욱 다잡습니다. 그렇군요. 새삼 결심을 굳게 하는 것은 결심이 흔들리고 있기 때문이군요.

헉 핀이 흔들리는 결심을 더욱 굳게 하는 바로 그때, 총을 들고 뗏목에 탄 두 사람이 지나가다가 멈춥니다. 도망노예를 쫓는 이들이지요. 헉 핀도 멈춥니다. 이때 이들의 대화를 봅시다. 묻고 대답하고, 묻고 대답하고, 세 번이나 계속됩니다. 헉 핀의 마음이 흔들리고 있다는 것을 보여주는 표시이지요. 정말 고발할 생각이라면, 이렇게 말들이 길어질 이유가 없지요. 여기 도망친 노예가 있어요, 한마디로 끝날 일인데요. 그런데 주고받고, 합해서 6번의 대화가 진행됩니다.

■■■ "저기 뭐가 있냐?"

"뗏목이요."

"네가 타고 가는 거냐?"

"네."

"그 위에 사람이 탔느냐?"

"한 명뿐이에요."

"오늘밤 노예 다섯 놈이 달아났다. 거기 있는 게 백인이냐 검둥이냐?"(83)

백인이냐 검둥이냐. 이 정곡을 찌르는 질문에 헉 핀이, 검둥이요, 라고 즉시 대답하지 않았다는 게 중요하지요. 그의 마음속에 갈등이 계속 생기고 있는 거지요. 보세요. "나는 즉시 대답하지 않았다. 하려고 했으나 말이 나오지 않았다. 나는 1, 2초 동안 용기를 내어 말하려 했으나, 난 겁쟁이였다. 토끼만큼의 용기도 없었다. 난 내가 약해지고 있는 것을 알았다. 그래서 나는 노력을 포기해버리고 일어나서 말했다. '백인이요.'"

아, 그렇군요. 헉 핀은 결심했음에도 불구하고 짐을 고발하지 못했군요. 헉 핀이 출발할 때와 대답하는 그 사이에 무슨 일이 있었나요? 결심하고 노를 저어가는 동안에도, 도망노예를 쫓는 백인들과 부딪쳐 대답하려고 자신을 추스르는 그 순간조차도 계속 변수가 생기지 않습니까? 그러니 하룻밤 사이에 왜 변했을까, 라고 묻는 것은 순진한 것이지요. 쉬지 않고 흐르는 시간 위에서 매 순간 변할 수 있는 것이니까요. 그런데 이 경우 헉 핀은 왜 결심이 흔들렸나요? 짐의 말 때문이었지요. 결심하고 망설이고 다시 결심하며 고민하는 헉 핀에게 계속 짐이 던진 말입니다. 너를 믿는다는 짐의 한마디가 헉 핀의 결심을 흔들어놓은 것이지요. 그러니 말 한 번 했다고 마음 놓으면 안 되는군요. 다음 순간 다른 사람의 말을 듣고 또 변할 수 있으니까. 그러니까 과정이란 변화가 일어날 수 있는 모든 순간들을 포함하고 있는 것이지요.

헉 핀은 일단 배 안에 있는 사람이 백인이라고 말한 뒤, 다시 한번 임기응변을 발휘하지요. 배 안에 타고 있는 자기 아버지가 홍역에 걸렸다고 말함으로써 확실하게 그들을 따돌리지요. 그들은 각각 헉 핀에게 20달러씩 주고 미안하다고 하며 서둘러 사라졌지요.

자, 헉 핀은 처음의 굳은 결심에도 불구하고 결국 짐을 고발하지 못하고 말았는데, 이를 어떻게 생각하세요? 그럴 수 있다고 생각합니까? 그 근거는 무엇이지요? 그렇지요, 안개 장면이지요. 헉 핀과 짐은 우리가 본 것처럼 서로 상호 보완하면서 사이좋게 지내왔어요. 그러면서 헉 핀은 짐 역시 인간이구나, 알아가게 되었지요. 안개 장면에서 짐이 정색을 하고 헉 핀의 잘못을 지적할 수 있었던 것도, 헉 핀이 이에 부끄러움을 느끼고 사과할 수 있었던 것도, 그동안 두 사람 사이에 쌓인 신뢰가 바탕이 된 것이지요. 그래요. 두 사람 사이의 작고 구체적인 경험들이 쌓여 순간의 결정을 좌우하는 것 같습니다. 작은 것들이 큰 흐름의 과정이 되는 것이지요. 우리가 지금 이 순간을 과정으로 볼 수 있기는 어렵지요. 언제나 이 순간이 전부인 듯하니까. 그러나 별개의 순간이면서 더 큰 흐름으로 이어지는 것, 이 점을 이해하는 것이 중요합니다.

자, 도망노예를 쫓던 사람들에게 거짓말을 한 뒤, 그들이 황급히 멀어진 뒤, 헉 핀이 느끼는 감정에 대해 살펴보지요. 헉 핀은 자신이 잘했다고 안도합니까? 아닙니다. 헉 핀은 심하게 자신을 책망하지요. 될성부른 나무는 떡잎부터 알아본다는 식으로 자신을 몰아가지요. 너 어렸을 때부터 부모도 없이 학교도 제대로 못 다니더니, 결국 요렇게 일을 망치는구나…… 사람들이 자기에게 했던 말들을 그는 이제 자신에게 하고 있군요. 사람들에게서 여자니까 그 모양이지, 늘 듣고 살면, 어느 날 여자 입에서 여자인 주제에 뭘 하겠니, 라는 말이 나오는 것처럼 말이지요. 자기비하란 이렇듯 집단의 멸시를 그대로 받아들여 스스로를 손가락질하는 거지요. 이 함정을 알아차리고 빠지지 않아야 하지요. 다시 말해 차별 구조를 고착시키려는 집단이 누구인지, 어떤 이해관계로 그러는지 알아야 하지요.

그런데 보세요. 헉 핀은 스스로를 책망하다가 문득 멈추고 다시 생각합니다. 가만 있자, 너 만일 짐을 고발했다면 지금 괴롭지 않았겠니, 하고 자기에게 묻습니다. 그러고는 짐을 고발했더라도 역시 괴로워했을 것이라고 인정해요. 그러더니 헉 핀은, 이래도 괴롭고 저래도 괴로울 거라면 이왕 이렇게 됐는데, 더 괴로워 말자, 그런들 무슨 소용이냐, 라고 생각하지요. 헉 핀은 이런 식으로 이 문제를 일단락지어요. 현명하지 않나요? 자기가 행동해놓고 내내 후회하고 괴로워하면, 자신도 없어지고, 무엇보다 자기를 존중할 줄도 모르는 것 아니겠어요.

그런데 술주정뱅이 아버지에게 갇히고 매 맞고, 존중받아본

적도 신뢰를 받아본 적도 많지 않았을 이 아이가 이렇게 자신을 존중하고 믿는군요. 이것이 헉 핀의 힘입니다. 그의 이런 능력은 어디서 온 것일까요? 역경 속에서 자신을 지켜내야 했던 초기 개척인들의 특징이 생각나기도 하는군요. 자, 헉 핀과 짐 사이의 유대는 이렇게 외적 시험을 거쳐 더 단단해졌어요. 이제 이들은 남부의 마을 속으로 들어갑니다.

Adventures of
Huckleberry Finn

제7강

남부 마을을 중심으로 헉 핀의 모험의 현장은 대략 둘로 나눌 수 있어요. 먼저 두 명문가의 불화를 통해 상류 계층의 삶을 보여주면서 이를 비판하고 고발하는 것이지요. 그다음에는 서민들의 가난하고 암담한 삶을 보여줍니다. 중요한 것은 상류 계층의 삶이나 가난한 서민들의 삶이나 모두 암울하면서도 폭력적이라는 점이지요. 당연합니다. 귀족들의 삶과 가난한 서민의 삶이 모두 노예 제도에 뿌리를 두고 있으니까요. 노예 제도로 인한 불신과 무기력과 폭력이 만연한 사회. 몸이 괴질을 앓고 있으면 갖가지 증세가 나타나지요. 소화불량, 신경불안, 알레르기 등, 종류는 달라도 기본적으로 우리 몸과 마음의 조화가 깨진 것이지요. 소화제를 먹고 안정제를 먹고…… 이런 식의 대응은 임시 처방인 것을 우리는 압니다. 몸속에 있는 괴질을 없애야 한다는 것을 알고 있어요.

마찬가지입니다. 노예 제도, 아버지는 서쪽으로, 어머니는 동쪽으로, 아이들은 강 아래로, 백인 주인의 형편에 따라 팔려가는 것이 당연하게 여겨지는 제도. 이런 제도 아래서 백인과 흑인 모두 죄의식과 원한, 무기력과 폭력 등 깊은 도덕적 공황 상태에 빠지는 것이지요.

자, 좀더 자세하게 남부인들의 삶을 들여다봅시다. 수백 명의 노예를 거느린 농장주들이 이유도 모르면서 자기들끼리 살상을 일삼고 있고, 가난한 사람들은 진흙에 뒹구는 돼지나 개의 꼬리에 불을 지르고 좋아합니다. 갖가지 형태의 야외 부흥회에서 집단적인 히스테리를 일으킵니다. 이런 가운데 사기꾼들이 등장하는 것은 당연하지요. 가짜 부흥사들, 가짜 배우들, 의사들, 가짜 친척들…… 이들이 전염병처럼 퍼지는 것은 병든 토양이 있기 때문이지요.

그런데 말이지요, 이 소설에서는 이런 양상들이 파괴적이고 공격적인 단어로 묘사되고 있지 않아요. 그저 헉 핀의 눈을 통해 그의 언어로, 간단한 문장으로 묘사되고 있어요. 쉽고 정확하게 쓰여졌어요. 우리가 앞에서 살펴본 대로 헉 핀은 학교와 교회와 부모가 주입시키는 인습적인 가치로부터 상대적으로 자유로워요. 그래서 문제의 본질을 정확하게 보고 있어요. 그래서 황당하고 잔인하고 어리석은 그 사회의 모습이 더욱 생생하게 느껴지지요. 이런 전반적인 이해를 바탕으로 남부 귀족들의 생활을 들여다봅시다.

우선 그레인저포드 집안을 보지요. 이 집안의 가장 그레인저포드 씨는 전형적인 남부의 신사로 나옵니다. 그의 외모를 자세하게 묘사하고 있는데, 특히 눈에 띄는 것은 그의 길고 흰 손이에요. 그리고 그는 늘 머리부터 발끝까지 정장 차림이에요. 눈부시게 흰 셔츠를 입고 리넨으로 만들어진 멋진 양복을 입어요.

그는 이렇게 매일 정장을 하고 어디를 가나요? 무슨 일을 하면서 시간과 에너지를 쓰나요? 그를 보면 절로 그런 질문이 생겨요. 그리고 말이지요, 이렇게 매일 새하얀 셔츠를 입으려면 누군가 밤낮 없이 셔츠를 빨고 다림질을 해야 한다는 것도 알아요. 그래요. 그는 100명도 넘는 노예를 집안에 거느리고 있는 대농원의 지주입니다. 사방에 엄청난 토지를 가지고 있어요. 그래서 이 집에서는 식구들마다 시중드는 노예가 딸려 있군요.

이 집 가장의 성품은 어떤가요? 그는 웬만해서는 화를 내지 않아요. 화를 냈다 하면 모두들 벌벌 떨지만 그것도 잠시예요. 하기사 모든 집안일들이 노예들에 의해 일사분란하게 행해지고 있으니 화를 낼 일도 많지 않겠지만요.

이 대농원 지주 집안은 그러나 정신적, 지적 수준과 문화 수

준은 별로 높지 않은 듯해요. 거실을 보세요. 탁자에 놓여 있는 과일 바구니에 눈이 가네요. 금방 침이 넘어가려는데, 아, 잘 보니 모조 과일이었군요. 사과인지 귤인지 금 간 사이로 흰 석회 같은 것이 보이네요. 그리고 또, 한 번도 열어본 것 같지 않은 정돈된 서가의 책들을 보세요. 또 책의 제목들을 보세요. 본질적인 삶의 가치를 다루는 책들이 아닌 것을 금방 알 수 있어요. 일상을 편리하게 살아가는 지침서 같은 책들, 가령 요즘 식으로 말하자면, 누가 내 치즈를 옮겼을까, 부자가 되려면 부자 옆에 서라 등과 같은, 세상 사는 요령에 관한 책들인 듯해요. 이런 책들은 독자에게 성찰하고 고민할 수 있는 계기를 주는 것이 아니라 당의정을 입힌 달콤한 약처럼 일시적으로 고통을 잊게 만들지요. 현실을 왜곡시키지요. 남부가 안고 있는 노예제도라는 본질을 다루는 게 아니라 그런 현실을 잊게 만들지요. 또는 정당화시키기도 하지요.

이 집의 죽은 딸에 관한 얘기를 빼놓을 수가 없군요. 헉 핀은 이 딸 얘기를 상당히 자세히 하는데, 이유가 있어요. 열 몇 살에 죽은 이 집 딸은 시 쓰기를 좋아했다는군요. 눈물도 많고 정도 많았나 봐요. 아파서 죽으려는 사람이 있으면, 그에 대해 슬픔에 가득 찬, 아니 눈물범벅이 된 애도의 시를 많이도 썼다는군요. 사람에 대해서만이 아닙니다. 새 한 마리가 죽어도 슬피 울며 시를 짓고 새의 무덤을 만들고, 그랬다는군요.

그 딸이 죽기 전에 끝내지 못한 그림이 하나 있어요. 보세요. 젊은 처녀가 잠옷을 입은 채 머리를 길게 늘어뜨리고 두 팔을 하늘을 향해 기도하듯 뻗고 있어요. 또 다른 두 팔은 가슴에 안고 있어요. 또 다른 두 팔은 양쪽으로 뻗었어요. 그림 속에는 몇 개의 팔이 그려져 있을까요? 여섯 개의 팔이 각기 다른 형태로 그려져 있어요. 어떤 포즈로 슬픔을 나타낼까 고민하다가 결정을 못 내린 채 죽었군요. 이 집 식구들은 죽은 딸의 방을 그대로 보존해요. 물건 하나 건드리지 않고요. 어머니는 죽은 딸의 방에 가서 바느질도 하곤 합니다. 죽은 딸에 대한 식구들의 애정이 지극하지요?

그러나 헉 핀의 의견은 달라요. 그는 이 집 죽은 딸에 대해 호감을 갖지 못해요. 뭔가 괴상하고 찜찜하다고 느껴요. 그러면서 늘 죽은 사람들을 슬퍼하는 시를 쓰고 살았으니 그 딸은 오히려 죽은 편이 나은지 모르지, 라고 말하지요. 우리도 동감하게 되요. 지나치게 슬퍼하는 것 같지 않나요? 이 딸의 얘기에 나타나듯이 이 집안에 흥건하게 고인 눈물, 질척거리는 감상이 불편해집니다. 그렇습니다. 이런 집안 분위기는 이 집 내부에서 나오는 죽음의 그림자와 상관있다는 것을 우리는 곧 알게 됩니다. 이는 지역의 또 다른 명문가와의 오랜 불화, 그로 인한 살상과 연결되어 있어요.

이 지역에 또 다른 명문가 셰퍼드슨 집안이 있어요. 이 두 집안은 오랜 세월 불화하면서 기회만 있으면 서로 총질을 하고 죽입니다. 어쩌다가 한 집안의 아들 또는 친척이 지나가는 것을 보면 다른 집안 식구가 죽이고, 그걸 복수하느라고 또 죽이고…… 이래서 죽이고 죽고 죽이고 죽는 악순환이 언제부터인가 계속되어 왔어요. 그래서 이들은 늘 총을 옆에 두고 살아요. 누가 대문을 두드려도 일단 총부터 챙깁니다. 원수 집안의 식구가 아닌지 확인하고 문을 열어요.

그렇다면 이 두 집안은 애초에 무슨 일이 있었길래 서로 죽이고 죽는 불구대천의 원수가 되었을까요? 무슨 무서운 이유가 있었을까요? 헉 핀은 도무지 이해할 수 없어서 이 집의 자기 또래의 막내아들 벅에게 묻습니다. 어느 날 벅이 원수집 남자에게 총을 쏘았기 때문이지요. 이 대화를 보세요.

■■■ "너 그를 죽이려고 한 거니, 벅?"

"그럼, 물론이지."

"그가 너한테 무슨 짓을 했는데?"

"그가? 아무 짓도 안 했어."

"그런데, 뭣 때매 그를 죽이려고 한 거니?"

"그냥 - 두 집안의 불화 때문이지."

"불화가 뭔데?"

"아니, 너 어디서 자란 거야? 불화가 뭔지도 몰라?"

"들어본 적도 없어. 뭔지 말해봐." (99)

벅이 헉 핀에게 해주는 설명을 보세요. "불화란 말이지, 한 집안 사람이 다른 집안 사람과 싸우고 그를 죽여. 그럼, 그의 형이 그를 죽여. 그럼 양쪽 집안의 다른 형제들이 맞붙어서 서로 죽여. 그럼 사촌들이 끼어들지. 그러다 결국 모두들 죽는 거야. 그러면 더 이상의 불화는 없는 거지. 그러나 그건 굉장히 오랫동안 계속되는 거야."

도저히 이해할 수 없는 헉 핀이 맨 처음 이유가 있었을 것 아니냐, 그것이 무엇이었느냐, 땅 때문이었느냐, 누가 먼저 총을 쏘았느냐, 물어도 벅은 대답할 수 없어요. 알 수 없으니까요.

누가 들어도 두 집안의 오랜 불화는 어리석기 짝이 없어요. 미친 짓이에요. 그래요. 전형적인 반이성적 행태예요. 이유도 모르면서 서로 죽이고 죽고…… 그러나 어리석은 이 두 집안 사이의 무모한 살상은 시도때도없이 일어나지요. 집안의 명예를 위한다는 명분으로 말이지요. 황당하기 짝이 없는 일이죠.

이런 두 집안의 광적인 불화와 살상은 그들이 믿는 종교로도 고칠 수 없어요. 그래요. 마을에서 종교는 제 역할을 하지 못해요. 현실 속에서 무력하기 짝이 없어요. 노예 제도가 안고 있는 갖가지 해악, 인간 차별과 사회 불의에는 개입하지 못해요. 오히려 노예들에게는 참고 견디면 내세에서 영생할 것이라고 일종의 최면을 걸기도 하지요. 이런 이유로 어떤 철학자들, 가령 니체와 같은 이들은 종교를 아편의 일종으로 비난하기도 하잖아요. 현실에 대한 감각을 마비시킨다는 뜻에서요.

자, 남부 마을 곳곳에서 열리는 야외 부흥회를 봅시다. 가난한 사람들은 부흥회에 모여들어 죄를 용서하라고 울부짖어요. 현실의 고통과 좌절과 불안을 집단적으로 토해내면서 위안을 삼는 것이지요. 그들은 자신들을 박해하는 자들과 대결하지 못하고 대신 원수를 사랑한다는 말로 회피합니다. 귀족들의 경우에도 마찬가지예요. 그들이 말하는 사랑과 용서는 교회 안에만 한정된 듯하지요. 일요일이면 두 집안 식구들은 교회에 가서 형제자매에 대한 사랑, 원수에 대한 용서를 말하는 목사의 열렬한 설교를 듣고 감동을 받아요. 하지만 상황은 변하지 않아요. 두 집안 식구들은 교회 갈 때도 총을 가지고 가요. 헉 핀은 이런 설교에 감동 받는 대신 이렇게 힘든 일요일은 처음이라고 실토하네요. 왜 그랬을까요?

목사의 설교가, 이웃을 사랑하고 원수를 용서하라는 말씀이 아무리 훌륭해도 말뿐이잖아요. 그보다 더하지요. 그들끼리의 싸움과 폭력이 잔인할수록, 그들의 레토릭은 더욱 공허하고 위험하지요. 사랑과 용서라는 좋은 단어들을 모욕하는 것이지요. 헉 핀은 이를 몸과 마음으로 직접 느끼는 게 아닐까요? 그래서 설교를 들은 일요일이 너무 불편하고 힘들었겠지요.

헉 핀은 이들의 삶이 대단히 잘못되고 위험하다고 느끼지요. 그의 느낌은 옳았어요. 두 집안에 곧 일어난 엄청난 재앙을 보세요. 교회에 다녀온 일요일 오후, 이 집의 둘째 딸, 상냥하고 친절한 스무 살짜리 소피가 헉 핀에게 말하지요. 교회에 성경책을 두고 왔으니 좀 갖다 줄래? 헉 핀은 모두들 낮잠이나 자고 있어 심심하던 차에 교회로 갑니다. 그런데 헉 핀이 누굽니까? 똑똑한 이 아이를 보세요. 그는 그렇게 예쁜 처녀가 성경책이 어쩌구 하는 것이 뭔가 이상해서 책을 흔들어봐요. 그렇군요. 그 안에서 쪽지가 떨어지는군요. 거기에 두 시 반이라고 쓰여 있고요.

헉 핀은 성경책을 소피에게 주었지요. 그렇게 해서 일이 터집니다. 그날 밤 소피와 원수 집안의 늠름한 젊은이는 도망갑니다. 미국판 로미오와 줄리엣인가요? 하여간 양쪽 집안이 발칵 뒤집어졌고 두 집안 간에 총격전이 일어나고, 양쪽 집 남자들이 많이 죽어요. 소피네 집 남자들은 몰살을 당합니다. 아버지와 잘생긴 두 아들, 그리고 막내아들 벅까지 처참하게 총을 맞고 쓰러집니다.

헉 핀은 죽은 막내아들 벅을 보며 눈물을 쏟아요. 둘이서 잠깐 동안이지만 친하게 지냈거든요. 그런데 작가는 왜 이렇게까지 두 집안을 파멸시킬까요? 무엇을 말하고자 하는가요? 그래요. 작가는 노예 제도 위에 군림하는 백인 농장주들의 기생적인 삶을 이렇게 벌주고 있지 않나요? 가차없이 심판하고 있지 않나요? 그들의 우아하고 품위 있어 보이는 삶의 이면에 어두운 폭력의 그림자가 웅크리고 있는 것을 보여주지 않나요? 인간을 노예로 부리는 사회가 감당해야 하는 대가가 어떤가를 보여주는 것 같지요. 그래요. 남부의 귀족들이니 신사니 하는 집단은 알고 보면 이렇게 다른 인간에 대한 착취와 파괴를 딛고 가능했던 것이지요. 이 두 가문이 대변하는 백인 농장주들에 대한 작가의 징벌이 느껴지고, 노예 제도에 대한 그의 절망도 느껴집니다. 그들의 삶에 나타나는 과도한 잔인함과 감상주의는 병든 제도 속에서 살아가는 이들의 뒤틀린 삶의 모습들을 보여주니까요.

두 집안의 오래된 불화는 노예 제도라는 삶의 조건에서 비롯되는 긴장과 상관있어요. 노예들의 삶을 파괴하는 대가로 얻은 그들의 풍요한 삶은 이런 식으로 붕괴되는군요. 엄정한 삶의 법칙입니다.

이렇게 엄청난 불상사를 목격한 헉 핀은 제정신이 아니에요. 더구나 그날 일어난 사태에 자신도 약간의 책임이 있다고 느끼면서 마음이 편하지가 않아요. 그 쪽지에 대해 미리 어른들에게 알렸어야 했나…… 이런 헉 핀의 마음을 우리도 이해하지요. 그러나 그의 죄책감은 부질없는 거예요. 두 집안의 불화는 대대로 이어져 온 것이니 어느 때고 이런 파국은 일어나게 되어 있었어요. 때와 형태를 달리하여 언젠가는 폭발하게 되어 있었지요. 공중누각은 바람 한 번 불면 쓰러지잖아요. 이번 일은 젊은이들의 사랑이 조상들의 어리석음에 종지부를 찍은 것이지요. 엄청난 대가를 치르면서요. 헉 핀도 물론 그 일에 지나치게 신경 쓰지는 않아요. 이것이 헉 핀의 장점입니다. 일어난 불행에 대해 그는 슬퍼하지만 곧 감정을 마무리하지요.

자, 앞으로 헉 핀은 이번처럼 주위에서 일어나는 일들에 직접 간접으로 관여할 것이에요. 때로는 자기 의도와는 상관없이, 때로는 자기가 선택하여 개입하게 될 것입니다. 모험이란 이렇게 예기치 못했던 일들을 겪어가며 인간에 대해, 사회에 대해 통찰을 얻게 되는 것이지요. 그러므로 엄밀한 뜻에서 구경만 하는 방관자란 없어요. 행동으로 나서지 않더라도 눈앞에 일어나는 일들을 보고 느끼는 것도 개입의 한 형태니까요.

자, 다시 뗏목으로 돌아옵시다. 마을에서의 끔찍한 일을 목격한 뒤인지라 헉 핀과 짐에게 뗏목은 어느 때보다도 평화로운 피난처이고 안식처입니다. 헉 핀은 이를 거듭 강조하지요. 뗏목은 정말 자유롭고 안전하다, 뗏목보다 더 살기 좋은 곳은 없다, 고 계속 말합니다. 마을에서 두 집안의 어이없는 살생을 목격한 우리도 헉 핀이 뗏목에서 느끼는 해방감에 기꺼이 공감하게 되지요.

그러나 이런 평화가 오래 지속되지 못한다는 것을 우리는 곧 알게 됩니다. 헉 핀과 짐, 둘만의 뗏목에 뜻밖의 침입자들이 등장하니까요. 이들로 인해 뗏목의 질서는 변할 수밖에 없지요. 이를 계기로 헉 핀과 짐, 두 사람의 모험은 새로운 국면에 접어듭니다.

침입자들이 등장하기 전의 두 사람의 뗏목 생활은 언뜻 목가적인 이상향을 떠올리게 합니다. 명문 집안의 살상을 목격한 후여서 더욱 그랬지요. 그러나 그들의 평온한 생활에는 언뜻 불안한 그림자가 느껴져요. 현실 속에서 이런 평화는 늘 일시적이니까요. 어디선가 불어오는 바람에 곧 깨지니까요. 그 바람은 때로는 외부에서, 때로는 우리 내부에서 불어오기도 하지요. 이런 불안은 소리없이 암시되지요. 숲의 나무와 꽃들의 달콤한 향기 사이로 죽은 물고기 썩는 냄새가 섞여 있기도 하니까요. 그래요. 우리들은 쉬지 않고 흐르는 강물 위에 있어요. 어떤 변화와 만날지 예측할 수 없어요. 그러니 우리에게 허용된 이 순간의 평화와 기쁨을 고마워하면서 감싸 안아야지요.

좀더 자세히 봅시다. 헉 핀과 짐 두 사람은 한없이 조용하고 넓은 밤의 강물 위를 떠내려갑니다. 광활한 강물 위에서 정적과 고독을 만끽합니다. 외로움이 너무도 완벽해서 단단한solid이라는 수식어로 강조하고 있지요. 두 사람은 그 단단한 외로움과 일체가 되는 듯해요. 자연과의 합일 상태라고나 할까요. 그런 상태에서 강을 따라 내려가는 두 사람을 상상해봅니다.

두 사람은 노를 젓지 않고, 때로는 뗏목이 흘러가도록 놔두지요. 때로는 발가벗고 강물에 발을 담그고 파이프를 피우기도 하고 뱃전에 누워 많은 이야기를 하기도 합니다. 밤하늘의 별들을 보며, 저 별들은 누가 만든 것인지, 또는 우연히 생긴 것인지 서로 의견을 나누기도 해요. 헉 핀은 별들이 우연히 생겼을 거라고 하고, 짐은 달이 별들을 낳았을 거라고 하지요. 개구리가 알을 까는 것을 본 적 있는 헉 핀은 짐의 말이 일리가 있다고 인정하지요. 또 그들은 배가 고프면 물고기를 잡지요. 천국이 따로 없는 듯해요.

두 사람의 뗏목 위에서의 삶의 특징은 무엇일까요? 거치적거리는 옷들을 다 벗어버리고, 인공적이고 낭비가 없는, 오직 기본적인 것만으로 사는 것이지요. 그들은 생각하고 보고 느끼고 서로 이야기합니다. 미국 작가 헨리 데이빗 소로우는 월든 연못에서 살면서, 나는 오직 기본적인 것만을 대면하기 위해 여기 왔다, 라고 했어요. 이 말이 실감납니다. 마을에서 노예를 백 명씩 거느린 백인들의 소유와 지배의 삶이 어떻게 무지와 폭력에 파괴되는지를 본 뒤에 만나는 두 사람의 생활은 참으로 대조적이에요. 단순하고 정직합니다. 그래요. 문명이 발달할수록 우리의 삶은 이 단순한 길에서 멀어지는 것이지요. 마을에 존재하는 인종, 계층, 연령의 차별도 여기엔 없습니다. 삶을 통제하는 시계도 없고요.

헉 핀과 짐의 뗏목 위에서의 삶을 보면서 생각하게 돼요. 자연의 순리에 따라 살며 가식적인 것을 벗어버릴 수 있는 곳, 사람과 사람 사이의 교감이 일어날 수 있는 곳, 편견과 독선을 서로 순화시킬 수 있는 곳. 그래서 헉 핀은 어느 순간 외치지요. 뗏목 위에서 사는 것은 아름답다……

이런 순간을 두 사람과 함께 우리가 경험했다는 것이 중요해요. 단순하고 소박한 삶이 어떤가를 알아야 우리 삶의 거품을 알아볼 수 있지요. 또 거품과 비만이 빠진 원래의 모습을 되찾기 위해서이지요. 무엇보다 두 사람이 어렵게 만들어낸 뗏목 위의 질서가 깨졌을 때, 그들이 상실한 것이, 되찾아야 하는 것이 무엇인지를 알기 위해서이지요.

자, 이런 평화 속에 어느 날 두 사기꾼이 침입합니다. 뗏목이 위기를 맞은 거예요. 이제 우리의 관심은 이 위기 앞에서 헉 핀이 어떻게 대응하는지에 있습니다. 그리고 헉 핀과 짐의 관계가 어떤 식으로 전개될 것인가에 있습니다.

뗏목에 등장한 두 사람을 사기꾼의 전범이라고들 하지요. 한 명은 일흔 살 정도 된 늙은이군요. 대머리에 회색 수염이 나고 쭈그러진 모자를 눌러 쓰고 있어요. 때묻은 푸른색 울 셔츠에 낡아빠진 퍼런 청바지를 장화 속에 집어넣고 있군요. 그는 불룩하고 초라한 여행용 가방을 들고 있어요. 또 한 명은 서른 살쯤 되었고, 역시 초라한 행색을 하고 있군요. 두 사람의 정체는 무엇일까요? 그들은 자신들을 영국의 귀족이라고 소개하는군요. 젊은이는 자기가 공작이라고 하고, 늙은이는 루이 16세의 아들이라고 하면서 자신들의 몰락한 운명을 서로 한탄하는군요. 그러면서 헉 핀과 짐에게 귀족 대우를 해달라고 하지요. 식사할 때 시중을 들어주고 말할 때는 한쪽 무릎을 꿇고 하라는군요. 이 부분이 상당히 자세하게 그려져 있어요. 읽으면서 쿡쿡, 웃음이 나오지요. 실소를 금치 못하게 되지요.

보세요. 이 초라한 인물들은 왜 자신들을 굳이 몰락한 유럽의 귀족이라고 말할까요? 누구누구 파산한 기업 회장의 아들이라고 하지 않을까요? 그래요. 자신들을 유럽의 귀족과 연결시키는 것은 당시 미국이 유럽의 전통과 문화에 대해 느끼는 선망과 열등감을 반영하는 것이기도 하지요. 이 사기꾼들은 그런 미국인의 심리를 이용하기도 하지요.

이들 사기꾼들은 참으로 다양한 레퍼토리를 가지고 있어요. 연극도 하고 부흥사 노릇도 하고 점도 봐주고 최면술을 이용하고 강연도 하면서 가난한 시골 사람들을 속이지요. 로미오와 줄리엣의 대사를 자기 식으로 바꿔 외우면서 멋들어지게 칼을 휘두르기도 하지요. 갖가지 변장술과 임기응변으로 암담한 삶에 지친 사람들이 홀딱 반하게 만들지요. 이 소설의 상당한 분량이 이들의 사기에 걸려드는 마을 사람들의 모습을 풍자하고 있어요. 이들을 통해 무기력한 마을의 실상이 있는 그대로 드러나는 것이지요. 그렇다면 그들의 역할은 무엇일까요? 그렇지요. 무엇보다 헉 핀은 이들로 인해 마을 사람들의 삶 한가운데로 들어가게 되지요. 마을의 실상을 낱낱이 목격하게 되는 것이지요. 그래서 헉 핀의 모험에서 이들의 역할을 빼놓을 수가 없어요. 그렇다면 마을 사람들에게 이들은 어떤 역할을 하나요? 좀더 보지요.

이들이 머리를 맞대 묘안을 짜내고, 사람들을 속이고, 들통이 나고, 혼비백산 달아나고, 사람들은 떼를 지어 아우성치며 뒤쫓아가고…… 자, 이런 일들이 반복되는 것을 목격하면서 어떤 생각이 드나요? 이 가난하고 단조로운 마을이 사기꾼들의 등장으로 활기를 띠는구나, 생각하게 되지요. 그래요. 사람들은 그들에게 속았다고 나중에 펄펄 뛰지만, 글쎄요, 그들 덕분에 남루한 일상을 잊은 채 들뜨고 흥분하지 않나요? 그들에게 홀려 회오리바람 속으로 미친 듯이 질주하고요. 그리고 그 대가를 치르는 것이고요. 그래요. 죽은 듯이 가라앉은 마을은 이런 사기꾼들이 활개를 칠 수 있는 바탕을 제공하는 것이지요. 자극을 기다리는 이들에게, 속아 넘어갈 만반의 준비가 되어 있는 곳에, 이들이 온 것이지요.

자, 이들에 대한 헉 핀과 짐의 태도는 어떤가요? 헉 핀과 짐은 자기들의 뗏목에 유럽 귀족들이 함께 타고 있으니, 난생처음 공작도 만나게 되었으니 눈이 휘둥그레지는군요. 그들의 시중을 들어주며 황공하여 어쩔 줄을 모르는군요. 그러나 헉 핀을 보세요. 헉 핀은 이들이 가짜임을 곧 알아차리지만 전혀 내색하지 않아요. 짐에게도 말하지 않아요. 그는 그들의 비위를 맞춰주고 두 사기꾼이 사이좋게 동업하기로 작정하는 것을 보고 안심합니다. 이유가 무엇일까요?

그는 뗏목에서 제일 중요한 것은 평화와 화목이라고 말해요. 모두가 만족하며 정당하고 친절하게 느끼는 것이라고 해요. 우리는 헉 핀과 짐의 노력으로 뗏목이 마을의 차별과 편견이 극복되는 곳으로 변해가는 것을 보았어요. 그런데 사기꾼이 등장한 것이지요.

그러나 헉 핀은 이들이 엉터리 사기꾼이라는 것을 알게 되지만 내색하지 않아요. 이런 종류의 인간들을 대하는 제일 좋은 방식은 모르는 척하는 것이라고 생각해요. 이런 태도를 헉 핀은 자기 아버지에게 배웠다고 말하는군요. 그 이유는 이들과의 불화로 생길 수 있는 더 큰 문제를 염려하기 때문인 것이지요. 다름 아닌 짐의 안전 때문이지요. 헉 핀의 이런 논리가 불편해지지요? 이런 태도를 현명하다고 해야 할지, 아니면 용기가 없다고 해야 할지 모르겠지요. 왜냐하면 모두 만족하고 공평하고 친절한 뗏목 위의 평화와 안전은 알고 보니 그 안에 가짜와 위선을 감추고 있잖아요. 누군가 참아야 하잖아요.

헉 핀의 이런 태도를 못마땅하게 여기는 이들도 있어요. 그러면서 그 이유를 헉 핀의 아버지에게로 돌리지요. 헉 핀에게 어른 남자는 강압적인 권위와 폭력을 뜻한다는 것이지요. 불안하고 무서운 아버지들이에요. 살아남기 위해 아이는 그들에게 맞서는 것이 아니라 몸을 낮추고 비위를 맞추는 것이지요. 그러다가 기회를 틈타 도망가지요. 헉 핀이 아버지에게서 벗어난 방식을 생각해보세요. 그러나 말이지요, 이번 경우에는 보다 중요한 이유가 있지 않나요? 헉 핀과 짐은 쫓기고 있어요. 무엇보다 짐이 위태로워질 수 있어요. 지금 두 사람에게 급박한 것은 안전하게 빨리 자유를 찾아가는 것이지요. 그러니 헉 핀의 입장에서는 어떤 식의 불화도, 문제가 일어나는 것도 피해야 하는 것이지요. 불편을 감수하는 것이지요.

헉 핀은 이를 잘 알고 있어요. 사기꾼들이 짐을 보고 도망노예냐고 물었을 때, 그는 황급히 말도 안 되는 소리라고 둘러대잖아요. 그러나 앞으로 잘 보세요. 헉 핀이 항상 소극적으로 회피하기만 하는 게 아닙니다. 자신의 판단에 따라 필요할 때 그는 위험을 무릅쓰고 나섭니다. 그때를 기다립시다.

뗏목은 이래서 사기꾼들이 차지하고 헉 핀과 짐의 삶도 그들에게 조종당하게 됩니다. 짐의 좋은 시절이 끝나는 듯하네요. 낮에도 강을 따라 내려가기 위해 그는 붙들려가는 도망노예처럼 손발도 묶여 있어야 하지요.

그런데 앞에서도 물었지만, 헉 핀의 모험에서 이들 사기꾼들의 역할을 무엇일까요? 그래요. 헉 핀은 이들과 함께 마을 한가운데로 들어가서 사람들 속에서 갖가지 경험을 하게 되는 것입니다. 그러니까 이들은 헉 핀을 세상과 연결해주는 다리의 역할을 하는 것이지요.

헉 핀은 그들의 등장으로, 삶의 한가운데서 인간을 질리도록 경험합니다. 속이는 자들과 속는 자들, 그 소용돌이 속에서 거침없이 드러나는 인간의 본능, 교활함과 비겁함 등을 알게 되는 것이지요. 그런 의미에서 사기꾼들은 헉 핀의 훌륭한 교사들이에요. 이들은 인간을 파악하는 뛰어난 능력을 가지고 있어요. 속이기 위해서는 인간 심리를 꿰뚫어볼 수 있어야지요. 헉 핀은 짐을 통해 책임과 믿음, 사랑과 배려를 배우게 되고, 사기꾼들을 통해 인간의 허약성과 위선과 이기심을 적나라하게 알게 되는 것이지요.

그래요. 이들 모두 헉 핀을 성장하게 하는 교사들이에요. 이들을 통해 우리도 박장대소도 하고 불쌍히 여기기도 하면서 인간에 대해, 우리 자신에 대해 깨닫게 됩니다. 재미와 교훈을 함께 얻어요. 앞으로 우리는 사기꾼들과 함께 마을의 실상과 만나면서 동시에 헉 핀과 짐의 관계가 어떻게 시험당하는지도 살펴볼 것입니다.

Adventures of
Huckleberry Finn

제8강

우리는 앞에서 남부 귀족들의 실상을 살펴보았어요. 이제부터는 사기꾼들과 함께 가난한 사람들에 대해 알아봅시다. 공작과 왕은 사전조사를 하기 위해 마을 안으로 들어갑니다. 사기꾼들과 마을 사람들 사이에 사건이 일어날 때 헉 핀의 입장, 그가 서 있는 위치를 보세요. 그는 겉으로는 사기꾼들과 일행이지만 실제로는 다르지요. 그렇다고 그들을 고발할 수도 없어요. 그는 언저리에 서서 마음 졸이며 서성거리지만 그들과 얽혀 있어요. 대단히 어렵고 불편한 위치입니다.

자, 가난한 마을로 들어갑시다. 자세히 보세요. 어떻게 묘사되고 있는지, 어떤 단어들이 눈에 들어오는지 보세요. 진흙mud이란 단어가 세 번이나 나오는군요. 이는 이 동네의 물리적, 경제적 환경이면서 동시에 이곳에 사는 사람들의 헤어날 길 없는 도덕적, 정신적 마비 상태를 나타내기도 합니다. 다 허물어져 가는, 페인트를 한 번도 칠하지 않은 듯한 집들, 마당에는 잡초들이 무성하고 골목마다 건달들이 둘씩 셋씩 모여서 담배꽁초나 나눠 피우며 시간을 죽이고 있습니다. 진흙탕 위로는 돼지들이 멋대로 뒹굴며 사람들의 통행을 방해하지요. 개들이 돼지의 두 귀를 물고 늘어져 끔찍한 울음소리가 마을에 진동합니다. 젊은 건달들은 그걸 보고 시시덕거리고 이 시끄러운 소리들이 오히려 고마운 듯한 표정들입니다.

왜 젊은이들이 이렇게 대낮에 빈둥거리고 있나요? 일자리가 없어요. 너무나 가난한 이 동네에는 젊은이들이 에너지를 쏟을 곳이 없어요. 제대로 출구를 찾지 못하는 이들의 기운과 관심은 약자에 대한 잔인함으로 나타나기도 하고 깊은 무력감으로 변하기도 합니다.

남북전쟁 후의 남부는, 특히 전후 재건시대의 남부는 패전의 충격과 절망에서 벗어나지 못했어요. 정치 · 경제적으로 전쟁에서 승리한 북부와 비교할 수 없을 만큼 낙후된 상황이었지요. 심리적으로도 패배와 상실의 후유증에서 쉽게 벗어나지 못했고요. 남부는 미국에서 패배와 좌절을 겪은 유일한 지역이기도 하지요. 남부 작가들이 그려내는 인간과 사회에 대한 비극적인 비전은 이런 역사적 배경에서 나옵니다. 앞으로 이 가난한 동네에서 일어나는 크고 작은 사건들을 이런 시대적 상황 속에서 이해할 것입니다.

자, 보세요. 백주대낮에 이런 일이 일어나는군요. 마을의 술주정뱅이 늙은이 보그스가 술에 취해 셔번 대령을 향해 소리지르고 행패를 부립니다. 참다못한 대령이 쏜 총에 맞아 그는 쓰러져 죽어요. 대낮에 온 마을 사람들이 지켜보는 가운데 일어난 일이에요. 앞에서 귀족들 간의 살상에서도 우리는 총이, 그로 인한 폭력이 일상 속에 만연하고 있는 것을 보았지요. 총이 일상 속에 자리잡은 것은 서부 개척시대에 무법천지 속에서 개인들의 자기 방어의 필요성에서부터 시작되었지요. 총은 미국의 개척사 한가운데 있습니다. 그러나 현대 미국 사회에서 총기 소지에 관한 끊임없는 논란이 있는 것은 이것이 심각한 사회 문제가 되고 있기 때문이지요.

자, 늙은이가 총 맞아 죽은 뒤 사람들의 반응을 보세요. 이때의 사람들의 반응은 돼지와 개들이 싸우는 것을 보고 무료함을 달래며 재미있어 하는 동네 건달들을 떠올리게 합니다. 그들에게 술 취한 늙은이가 극적으로 총에 맞아 쓰러져 죽는 것은 구경거리일 뿐이지요. 사람들이 모두 길에 쏟아져 나오고 나무위에도 다닥다닥 올라가 있고, 창문이란 창문에 모조리 붙어있어요. 쓰러져 죽은 사람 주위에 겹겹이 둘러서서 좀더 잘 보려고 서로 밀치고 있어요. 먼저 본 사람들은 좀 나와라, 계속 앞에 서서 혼자만 보겠다는 것은 너무 얌체 짓이다, 라고 소리치고 밀쳐냅니다. 그 와중에서 한 사람이 나오더니 보그스가 총 맞아 비틀거리다가 쓰러지는 모습을 그대로 흉내 냅니다. 사람들은 손뼉 치고 소리 지르고 실제보다 더 잘했다고 난리지요. 죽은 아버지 위에 엎드려 통곡하는 어린 딸에 대한 동정 같은 것은 전혀 없지요.

좀더 자세히 보지요. 총 맞아 죽은 사람의 흉내를 내고 손뼉을 치는 와중에 갑자기 한 사람이 나오더니 소리칩니다. "대령에게로 가자! 그를 린치하자!" 사람들은 맹렬하게 대령의 가게 앞으로 몰려갑니다. 그 광경을 보세요. 떼를 지어 몰려간다고 했군요. 마치 우글거리는 벌레 떼들을 묘사하는 것처럼 말이지요. 이는 완전히 이성을 잃은, 합리적인 판단 능력이 사라진 집단의 상태를 나타내지요. 작가는 이런 무리들에 대해서 어떻게 생각할까요? 그것은 대령의 입을 통해 나타나고 있어요. 대령은 떼를 지어 몰려오는 무리의 본질을 정확하게 꿰뚫고 있어요. 그는 그들에게 싸늘한 냉소와 경멸을 보내며 말합니다.

■■■ "당신들은 오고 싶지 않았지. 보통 사람들은 문제와 위험을 좋아하지 않으니까. 당신들은 문제와 위험을 좋아하지 않아. 그러나 오직 반쪽짜리 인간, 거기 있는 벅 하크니스와 같은 자가 '그를 린치하라, 린치하라!' 외치면, 당신들은 꽁무니 빼기를 겁내지. 겁쟁이라

는, 당신들의 정체가 탄로 나는 것을 두려워해. 그래서 당신들은 소리 지르며 그 반쪽짜리 인간의 코트자락에 매달리지. 그러고는 여기 몰려와서 굉장한 일을 하겠다고 다짐하지. 가장 불쌍한 것은 군중들이야. 군대가 그렇지. 집단, 그들은 자기 속에서 우러나는 용기로 싸우지 않아. 그들의 집단에게서 빌려온 용기로, 그들의 상관에게서 빌려온 용기로 싸워. 그러나 앞장선 용맹한 사람이 없는 무리란 불쌍한 축에도 못 들어. 이제 당신들이 해야 할 일은, 꽁무니를 빼고 집으로 가서 구멍 속으로 기어드는 거야. 정말로 린치가 일어난다면 그건 남부 식으로 어둠 속에서 일어나지. 그리고 그들은 올 때, 복면을 쓰고, 용맹한 사람도 함께 데리고 오지. 이제 가 봐. 반쪽짜리 인간도 데리고 가." (134)

대령이 그들의 눈을 쏘아보자 그들은 그를 마주 보다가 이내 시선을 돌리지요. 눈싸움에서 금방 밀려나요. 그래요. 이는 그냥 눈싸움이 아닌 것이지요. 겁쟁이들이니까 대령의 눈을 계속 마주 볼 수 없잖아요. 그래서 그들은 비굴하고 딱해 보입니다. 그들이 비열해 보이는 것은 다름 아닌 그들의 도덕적 상태 때문이에요. 이는 승자와 패자, 강자와 약자, 가진 자와 못 가진 자의 이분법에서 약자에 대한 외형적인 묘사가 아니에요. 지더라도 떳떳하게 질 때, 없더라도 의연할 때는 이런 묘사를 하지 않지요.

자기주장이 확실하지 않거나 없을 때, 무리와 다른 것이 가져올 불편과 위험을 감당하기 싫어 남들 하는 대로 따라가는 것, 자신에게도 떳떳하지 못하면서 무리의 의견을 거스를 용기는 없을 때, 우리 스스로 이를 알 때, 바로 비겁하면서도 측은하게 되는 것이지요.

이처럼 대령은 우중들을 향해 가차없이 자신의 경멸을 나타냅니다. 그런데 보세요. 이런 경멸을 받은 우중들의 반응을. 대령의 태도가 정당한지의 여부는 우중들의 반응에 달려 있지요. 그들이 분개하거나 항의합니까? 아니요. 아무도 대령의 말에 격분하지 않아요. 대령의 지적대로 그들은 꼬리를 내리고 비실거리며 뿔뿔이 흩어집니다.

그렇다면, 보통 사람들, 마을 사람들이 이렇게 무력하고 어리석게 휩쓸려 다닌다면, 그럼, 이런 집단의 지도자 역할을 할 사람들은 어떨까요? 그래요. 그들 또한 이성적인 행동을 하지 못해요. 대령을 보세요. 우중에 대한 그의 경멸은 인정한다 해도 그가 대낮에 힘없는 노인을 쏘아 죽이는, 이런 오만과 폭력은 위험하지요. 대령의 독선을 막을 수 있는 힘은 보통 사람들에게서 나와야 하는데, 그러나 우리가 본 대로 그들은 능력이 없어요. 마을 어느 곳에서도 누구에게서도 이성과 질서가 존중된다는 흔적이 없어요. 이래서 악순환이 계속되지요.

자, 그러면 우중을 깔보는 소위 잘난 사람들이 이들을 조종하여 자기의 목적을 이루려고 할 때 어떻게 될까요? 또 한 사람의 엘리트를 만나지요. 보세요. 사기꾼들은 온 동네에 셰익스피어의 비극을 보여주겠다고 선전하고 희한한 포스터를 만들어 붙이지요. 천막 안에 사람들이 꽉 들어차요. 사기꾼들은 벌거벗은 몸에 무지개칠을 하고 무대에서 희한한 동작을 보여주어 구경꾼들을 열광시키지요. 난리가 나지요. 포복절도하지요. 그러자 사기꾼이 무대에 나와 공손히 인사하며, "아, 여러분 충분히 즐기셨지요? 배운 것도 많았고요. 돌아가시면 다른 분들에게 널리 우리의 비극을 선전해주세요"라고 말한 뒤 퇴장해 버립니다.

어땠을 것 같아요? 구경꾼들이 일제히 들고 일어나, 속았다, 우린 완전 속았다, 흥분하여 다시 난장판이 됩니다. 바로 그때 잘생긴 남자가 일어서는군요. 그의 말을 들어보세요. "잠깐! 조용히. 이대로 나갔다가는 우리는 평생 마을의 웃음거리가 될 거요. 그럴 수는 없소. 조용히 나가서 이 쇼를 칭찬합시다. 온 마을이 다 구경 오면 우리는 같은 배를 타게 되는 거요." 그러니까 이 사람의 말은 마을 전체가 물에 빠지도록 물귀신이 되자는 것이지요.

중요한 것은 이런 말에 사람들이 어떻게 반응하느냐입니다. 그럴 수는 없다고, 한 사람이라도 말했나요? 아니에요. 아무도 그런 말 하지 않아요. 우리로 끝내야지, 어떻게 다른 사람들까지, 그럴 수는 없다, 라고 하지 않아요. 이구동성으로 옳다, 저 판사의 말이 옳다, 외칩니다. 그렇군요. 그런 말을 한 사람은 판사였군요.

그래서 이튿날도 쇼는 대만원이었지요. 온 마을이 다 같이 썩은 배를 타고 침몰하는 거지요. 아니, 처음부터 그 마을은 썩은 배였던 거지요. 위의 두 경우를 통해 작가는 이 우중들을 가망 없는 집단으로 그리고 있어요. 판사에게 조종당하는 그들을 조롱하고 멸시하고 있어요. 그렇다면 이를 통해 작가가 강조하는 메시지는 무엇일까요? 이 허약하고 줏대 없는 보통 사람들을 통해, 민주주의에 대한 위기감을 나타내고 있는 것은 아닐까요? 보통 사람들이 깨어나야 한다고, 우중이 되어서는 안 된다고, 그래야 민주주의가 산다고 하는 것 아닐까요? 이들 보통 사람들이 올바른 판단을 해야, 소위 엘리트들이 감히 그들을 우롱하지 못할 것이니까요. 그래야 지도자를 제대로 뽑을 수 있을 테니까요.

왜 민주주의의 주인을 보통 사람들이라고 하는가요? 투표권에 대해서 말해보지요. 투표권은 누구에게나 만 20세만 되면 주어집니다. 성별, 세대, 인종과 빈부의 차이에 관계없이 말이지요. 물론 이렇게 되기까지 투쟁의 역사가 있다는 것을 우리는 알고 있어요. 흑인들과 여성들에게 투표권이 주어지게 된 험난한 과정을 기억합니다. 하여간 누구든지 투표권을 행사할 수 있다는 것, 이는 무엇을 뜻하지요? 보통 사람들이 이성적, 도덕적 판단을 할 수 있는 기본 능력이 있다는 것, 그래야만 보통 사람들이 민주주의를 키울 수 있는 것이지요. 그래요. 엘리트들의 횡포를 막을 수 있는 길은 보통 사람들의 각성인 것이지요. 그런데 우리가 목격하는 마을의 보통 사람들은 이렇게 이성을 잃고 진흙 속에서 허우적거리고 있어요. 그러니 엘리트들도 반이성적인 자질을 드러내는 것이지요. 이 모든 병폐가 근본적으로 잘못된 제도와 연결되고 있다는 것을 우리는 확인하게 됩니다.

자, 그런데 말이지요, 사기꾼들은 어떻게 마을 사람들을 속이던가요? 그들이 선전 포스터 아래 어떤 말을 써넣었는지, 자세히 봤어요? 무엇이던가요? 이들은 사람들의 마음을 귀신같이 읽어내요. 고도의 심리 파악 기술이 있어요. 예를 들자면 이런 것이지요. 그들은 포스터를 만든 뒤 맨 끝에 큼직한 글씨로 덧붙이죠. 여자들과 아이들은 절대 입장 불가. 물론 그 다음날은 앉을 자리가 없을 정도였지요.

또 어떤 것이 눈에 띄나요? 그렇지요. 이들은 언제나 자신들을 유럽과 연관시켜 선전합니다. 이곳에서의 공연은 3일뿐, 곧 런던과 유럽 대륙으로 예약 공연을 떠나야 한다, 라고 써놓았지요. 앞에서도 언급했듯이 미국인들이 유럽 문화에 대해 가지고 있는 선망 또는 열등감을 이렇게 이용하는 거지요.

작가는 마을 사람들의 이런 경향을 조롱합니다. 작가는 헉 핀의 입을 통해 왕이니 귀족이니 하는 자들이 얼마나 고약하고 부패한 자들인지 강조하면서 유럽의 계급 제도, 정치 체제 등을 비판합니다. 가령, 이들 두 사기꾼이 가짜인 줄 알 리 없는 짐이 더 이상 왕이나 공작은 안 만났으면 좋겠다, 괴상하다, 라고 헉 핀에게 말하자 헉 핀이 이렇게 대답합니다. "그래 괴상해. 원래 왕들은 악질들이야." 그러면서 그는 자기가 어디서 들은 왕들의 나쁜 짓들을 줄줄이 읊어댑니다. 압권은 헨리 8세에 대한 부분이지요. 헨리 8세, 아주 잘생겼어. 그런데 말이지, 자기가 원하는 여자를 오늘 왕비를 삼았나가 내일은 목을 자르고, 이런 식으로 계속 다루었지. 뿐만 아니라 매일 밤 자기에게 이야기 한 개씩을 하도록 했지. 이야기가 천 한 개가 될 때까지 말이야. 그러고는 이 천 한 개의 이야기를 한 권에 묶어 종말의 책이라고 불렀지. 하여간에 고약한 자들이야. 난 왕들이 없는 나라에 대해 알고 싶어……

하하, 천일야화를 이런 식으로 말하는군요. 그래요. 헉 핀의 뒤죽박죽 이야기를 읽다 보면 저절로 웃음이 나오지요. 그리고 솔로몬 왕에 대한 짐의 평가도 생각납니다. 그야말로 백인 기득권자들의 해석과는 너무도 다르지만, 그의 엉뚱한 해석이 일리가 있었지요? 하여간에 우리는 알게 됩니다. 헉 핀을 통해 작가는 우스꽝스럽고 잔인한 영국의 왕들을 맘껏 조롱하고 있다는 것을요. 작가는 그의 소설 『왕자와 거지』, 『아서왕 궁정의 코네티컷 양키』 등 유럽을 배경으로 한 작품 속에서도 유럽 봉건시대를 풍자하고 있어요.

자, 이처럼 마을은 극도의 도덕적 마비 상태를 보여줍니다. 이곳에서 터지는 개인적, 집단적 폭력과 히스테리는 이런 무기력의 또 다른 모습인 것이지요. 균형 잡힌 판단, 이성적인 사고, 이런 것이 들어설 곳이 없어 보이지요.

이 모든 과정을 거치면서 우리의 관심은 사기꾼들이 등장한 뒤 헉 핀과 짐의 관계가 어떻게 변하는가에 있습니다. 사기꾼들에 대한 두 사람의 대화에서 보았듯이 여전히 두 사람은 서로 속마음을 털어놓고 있어요. 헉 핀은 짐에게 사기꾼들의 정체를 감추고 있지만, 이 자들에 대해서 자신도 짐과 같은 생각을 한다고 서로 확인하지 않습니까?

그래요. 외부에서 들어온 불청객들이 있음에도 불구하고, 뗏목의 안전이 위협받고 있음에도 불구하고, 헉 핀과 짐은 여전히 서로를 아끼고 믿어요. 가령 밤중에 교대로 뗏목에서 망을 볼 때 짐은 헉 핀의 차례가 되어도 깨우지 않아요. 또 때로 헉 핀은 잠결에 짐이 팔려간 아내와 아이들이 보고 싶어서, 또 열병으로 귀가 안 들리게 된 막내딸을 야단친 것이 기억나 괴로워하는 것을 봅니다. 그러면서 헉 핀은 짐도 백인과 똑같이 가족들을 아끼는구나, 느끼지요. 규범에서 상대적으로 자유로운 헉 핀조차도 노예이건 백인이건 똑같이 희로애락을 느끼는 인간임을 전에는 실감하지 못했던 거지요. 그만큼 노예 제도가 무서운 것이지요. 그래요. 헉 핀은 인간으로서의 짐을 알게 되면서 잘못된 마을의 가치에서 벗어나고 있어요. 이렇게 헉 핀은 짐과의 관계를 통해 성숙하고 있어요.

자, 이제 이들 사기꾼들이 한바탕 큰 사기를 치는 사건을 보겠습니다. 그들의 사기 행각을 통해 인간의 어두운 본성과 이성이 마비된 공동체의 실체가 가장 적나라하게 드러납니다. 그리고 무엇보다도 이번에는 헉 핀의 역할에 주목합시다. 이제까지 사기꾼들과 마을 사람들이 중심이었고 헉 핀은 옆에서 지켜보는 수밖에 없었어요. 또한 사기꾼들과의 관계에서 섣불리 이들의 정체를 폭로하지 않아요. 짐의 안전 때문이지요. 그러나 앞에서도 말했듯이 헉 핀은 사기꾼과 마을 사람들 사이에 일어나는 일들을 보고 겪으면서 인간 본성에 대해 깨닫게 되고, 이를 통해 인간과 사회를 고발하지요.

자, 앞으로 벌어질 사건에서는 헉 핀은 이제까지와는 다른 태도를 보여줍니다. 그는 위험을 무릅쓰고 개입함으로써 사기꾼들의 계획을 물거품으로 만들지요. 왜 헉 핀은 개입할까요? 그가 개입하기로 마음먹게 되는 동기가 무엇일까요? 이런 점들을 염두에 두고 이제 그 마을로 함께 가보지요.

헉 핀과 사기꾼 일행이 배를 기다리고 있군요. 그런데 웬 젊은이를 만나게 되고, 그에게서 아주 솔깃한 얘기를 듣게 되는 군요. 어느 마을에서 피터라는 사람이 영국에 사는 동생들, 하비와 윌리엄을 기다리다가 죽었어요. 어린 조카딸들만 남겨두고. 그가 기다리던 동생 하비는 목사이고, 윌리엄은 35세가량이고, 듣지도 말하지도 못하는 장애인이에요. 고인이 이들에게 남긴 편지에는 현금을 어디에 두었는지, 나머지 재산들을 어떻게 나눌 것인지 다 적혀 있다고 하네요. 사기꾼들은 유족들이 영국에서 오고 있을 고인의 동생들을 초조하게 기다리고 있다는 것을 알게 됩니다.

그렇지요. 사기꾼들이 이 절호의 기회를 놓칠 리 없지요. 이들이 누구입니까? 변장술을 비롯하여 만능 재주를 가진 이들이 아닙니까? 사기꾼들은 유족들이 기다리고 있는, 영국에서 올 친척들 행세를 하기로 작정하지요. 그래요. 가짜 친척이 되는 거예요. 그들이 어떻게 준비하는지 보세요. 그들은 무엇보다 먼저 구체적인 정보를 알아냅니다. 잠깐 만났던 젊은이에게서 고인의 이웃들의 신상명세, 친구들 이름, 누가 의사이고 누가 변호사인지, 누가 목수였고 누가 목사인지, 누가 가죽무두장이인지 알아냅니다. 또 유족들, 메리 제인의 나이가 열아홉 살, 수잔은 열다섯 살 등을 알아냅니다. 또 죽은 피터가 상당한 재산을 모아 집과 땅은 물론이고 현금 몇 천 달러를 어딘가에 숨겨놓았다는 것도 알아냅니다. 자, 정보로 완전 무장한 이들이 배에서 내리는 순간부터 보세요.

이들이 어떻게 가짜이면서 진짜인 척하는지 눈여겨보세요. 무엇보다 가짜들에게 마을 사람들이 어떻게 순식간에 속아 넘어가는지 보세요. 강가에 몰려와 영국에서 올 친척들을 눈이 빠지도록 기다리고 있던 마을 사람들은 배에서 내리는 이들을 보는 순간, 그들이 왔다, 내가 말했잖아, 하고 단정해버립니다. 묻고 대답하고 확인하는 과정조차 생략되지요. 온 마을 사람들이 큰길과 골목길에 빽빽하게 나와 있고, 창문에도 다닥다닥 붙어 구경합니다. 그렇지요. 단번에 마을은 사기꾼들의 손 안에 떨어졌어요. 고인의 조카딸들, 메리 제인과 동생들도 모두 이들이 영국에서 온 친척 아저씨들임을 믿어 의심치 않아요. 이미 게임은 끝난 듯한데, 과연 그럴까요? 좀더 봐야지요.

일단 마을을 홀딱 속여 넘긴 이들은 그다음 자신들이 진짜임을 계속 증명하기 위해 고민하지요. 여기가 핵심입니다. 이들은 가짜이고 사기꾼이므로 자신들이 진짜이며 정직하다는 것을 무엇보다 강조해야 하지요. 이 부분이 그들 스스로 파는 함정입니다. 진짜보다 더 진짜인 척하는 것이 함정이지요. 왜 그렇게 되는지 알아봅시다.

이 사건을 통해 강조되는 것은 진짜와 가짜의 특징이 각각 무엇인지 구별하는 거예요. 여기서 제기된 진짜와 가짜의 문제, 즉 정체성의 문제는 이 소설의 마지막 부분에서 다시 한번 다루어질 것입니다.

계속합시다. 사기꾼들은 일단 진짜 노릇에 성공, 고인이 남겨둔 육천 달러를 손에 넣습니다. 그 장면이 압권이에요. 지하실에 있다는 돈자루를 보러 헉 핀은 촛불을 들고 왕과 공작과 함께 내려갑니다. 자루 속에 가득 든 번쩍거리는 금화들을 바닥에 주르르 쏟아놓고 그 앞에서 모두들 할 말을 잃어요. 보통 사람 같으면 돈을 세어볼 생각까지는 못 할 텐데, 역시 사기꾼들은 돈을 세어보는군요. 그런데 몇백 달러가 모자랍니다. 이들은 자신들이 가짜이므로, 돈을 세어봤더니 모자란다, 라고 말할 수도 없어요. 전전긍긍하다가 이틀 전에 엉터리 쇼에서 번 돈을 몽땅 털어 메우지요. 그들 자신은 무일푼이 되지만 흐뭇해합니다. 그러고는 이 돈을 들고 위로 올라가 메리 제인에게 넘겨주자 모두들 감동하여 껴안고 눈물바다가 됩니다.

자, 고아로 남겨진 어린 조카딸들이 순식간에 완전 사기를 당하게 생겼군요. 집과 재산은 물론이고 식구처럼 지내던 노예들조차 팔려가기 시작합니다. 그런데 보세요. 마을 사람들은 보호자를 잃은 어린 처녀들을 보호할 의무가 있지 않나요? 제 정신을 차리고 가짜와 진짜를 구별할 수 있어야 하지 않나요? 그러나 사기꾼들은 유족들은 물론이고, 마을 사람들조차 순식간에 자기편으로 만들어버렸지요.

왜 이런 일이 일어날까요? 우리가 지금까지 남부 마을들을 거쳐 왔는데 공통점이 있었지요. 이성적 판단이나 비판적인 태도가 전혀 없었어요. 몰려다니고 야외 부흥회에서 참회하고 새로 태어나고 걸핏하면 울고 껴안고 속아 넘어가고 권총으로 쏘아 죽이고…… 이런 모습들이 줄줄이 이어졌잖아요. 그래요. 이 마을 역시 다르지 않아요. 이 동네 사람들은 모두 사기꾼에게 넘어갈 준비가 되어 있었지요. 영국에서 고인의 형제들이 곧 도착하도록 되어 있었고, 그들을 만나본 적이 없어요. 게다가 사람들에게는 고인이 남긴 유산 처리가 흥미진진한 관심거리였지요. 그래서 두 사기꾼이 이름들과 정보들로 무장하고 나타나자, 유족을 기다리던 마을 사람들의 기대치와 맞아떨어진 것이지요.

그럼, 이 마을에는 엉터리 정보를 내세우는 이들의 거짓을 알아볼 사람이 한 명도 없단 말인가요? 미심쩍은 구석을 알아차리는 사람이 전혀 없었나요? 아니지요. 이 마을의 의사는 이들이 가짜인 것을 알아차립니다. 그들의 영국식 발음이 엉터리라는 것도, 그들이 읊어대는 고인의 친구들의 이름들과 자질구레한 정보들이 미리 알아낸 것임을 알아차립니다. 그래서 그가 나서지요. 크게 외치지요. 이 자들은 사기꾼이고 가짜다. 이자들은 단지 이름과 사실들을 엮어서 증거라고 내놓고 있을 뿐이다……

이 의사는 객관적인 사실과 정보만으로는 진짜임을 증명할

충분한 증거가 될 수 없다고 생각해요. 이런 것들이 함정이 될 수 있다고, 잘못 사용될 수 있다는 것을 아는 것이지요. 그는 여기서 물증을 확보하지 않으면 믿지 않으려는 태도의 허점을 지적하는 게 아니겠어요? 의사가 메리 제인에게 말합니다. 나는 네 집안의 오랜 친구이자 정직한 친구이며, 나는 너희들이 사기꾼들의 위험에서 벗어나기를 진심으로 원한다……

이 집안의 진정한 친구이자 의사인 그의 경고가 너무도 중요한데, 그는 평생을 같은 마을에서 살아온 사람인데, 그런데 그의 충고도 통하지 않습니다. 모두들 집단최면에 걸린 듯해요. 사기꾼들이 내세우는 증거들이 너무도 확실하기 때문이지요. 또 메리 제인과 같은 어리고 순진한 처녀들은 이런 종류의 사기꾼들이 이 세상에 있을 수 있다는 것을 상상조차 하지 못하는 것이지요. 무엇보다 마을 사람들의 반응을 보세요. 그들은 오히려 의사를 진정시키려고 애쓰지요. 사기꾼들이 기분 상하지 않도록 야단법석을 떨지요.

메리 제인은 의사의 말을 받아들이지 않아요. 오히려 금화 자루를 사기꾼에게 넘겨주면서 믿음을 표시하지요. 일단 사기꾼들은 위기를 모면하는군요. 이런 경우 의사로서는 달리 할 일이 없어요. 위험을 충분히 경고하고, 가짜라고 지적하고, 정신을 차리라고 간절히 청했어요. 그래도 듣지 않을 경우, 그는 손을 뗄 수밖에 없지요.

보세요. 엘리트의 말을 군중이 따르지 않는군요. 앞에서는 온 마을이 엘리트의 말에 따랐지요. 다 같이 마을 사람들을 속이고 골탕을 먹였지요. 그렇다면 집단이 엘리트의 말을 따르는 경우는, 그가 그들이 원하는 것을 말했을 때인 거지요. 모두들 속아서 분하니까 다 함께 속이자, 라는 집단의 숨은 마음을 그때 판사는 간파했던 거지요. 이번 경우에는 사람들이 이미 사기꾼에게 넘어간 뒤이니 의사가 아무리 옳은 말을 해도, 정신을 차리라고 해도 소용없어요. 그래요. 공동체에서 엘리트의 역할은 정말 중요해요. 한 사람, 두 사람, 세 사람의 엘리트가 올바른 판단을 하게 되면, 집단이 그 결정에 따른다고 하지요. 실험으로 증명된 것이라고 하지요. 이래서 엘리트의 판단과 행동, 이에 반응하는 집단, 이것이 중요합니다. 집단의 의식을 일깨워주는 엘리트와, 집단을 이루는 한 사람 한 사람의 정신이 깨어 있어야 하는 것이지요. 그래야 그 공동체가 비판적이고 이성적인 집단이 되는 것이고요. 이것이 민주주의에서 대중교육의 필요성이 강조되는 이유입니다.

Adventures of
Huckleberry Finn

제9강

자, 이제 온 마을이 사기꾼들에게 속아 넘어간 이런 와중에 헉 핀이 드디어 진실을 말하게 되는군요. 헉 핀은 그동안 사기꾼들을 보면서, 사람들을 속이는 그들의 뻔뻔한 행태들을 보면서, 인간에 대한 견딜 수 없는 혐오감을 느꼈어요. 인간인 것이 부끄러웠어요. 더구나 이번 사기 행각은 그동안의 경우와는 규모와 성질에 있어서 비교할 수가 없지요. 그동안은 저질 쇼를 보여주고, 사람들을 웃기고 푼돈이나 챙긴 것이었지만 이번에는 순진하고 어린 처녀들을 속여 한 집안을 통째로 파산시키려는 것이지요.

헉 핀이 진실을 밝히고자 나서게 된 계기는 무엇인가요? 어떤 작은 일이 헉 핀으로 하여금 이런 위험한 일을 하게 하나요? 왜냐하면 그가 나서는 것은 사기꾼들을 철석같이 친척으로 믿고 있는 처녀들을 설득해야 할 뿐만 아니라, 사기꾼들과 한 편이 되어 있는 마을 전체와 대항해야 하는 일이거든요. 무엇보다 짐의 안전이 걸려 있고요.

헉 핀이 그것을 모를 리 없는데, 그럼에도 불구하고 그가 개입하게 되는 직접적인 계기는 무엇이었나요? 그 계기를 살펴보면, 지금까지 헉 핀을 알아온 우리에게는 납득이 되요. 생각해 보세요. 앞에서 헉 핀은 짐을 고발하러 나섰다가 왜 다시 돌아섰던가요? 그래요. 자기를 믿는 짐에 대한 의리와 사랑 때문이었지요. 이번에도 같은 맥락입니다. 메리 제인을 비롯한 처녀들이 자기들이 처한 슬픈 상황에서도 헉 핀에게 보여주는 착하고 따뜻한 작은 배려들이 그는 너무 고마웠어요. 헉 핀이 어쩔 수 없이 작은 거짓말을 하게 되어 난처한 입장에 빠질 때마다, 메리 제인은 헉 핀의 편을 들어주고 위로해주었어요. 그래요. 헉 핀은 이런 처녀들을 사기꾼들이 무자비하게 속여 넘기는 것을 지켜만 보고 있을 수가 없었어요. 그는 행동하기로 결심합니다. 일단 결심하자 헉 핀이 즉시 행동에 나서는 것을 보세요. 먼저 그는 사기꾼들 몰래 돈자루를 훔쳐내다가 엉겁결에 관 속에 넣어버리지요. 돈자루를 이 집의 검둥이 하인들이 훔쳐간 것으로 잘못 알게 된 사기꾼들은 마음이 급해져 집과 가재도구, 노예들 모두를 경매에 붙이지요. 그러자, 지금까지 식구처럼 지냈던 노예들이 팔려간다는 생각에 영국으로 떠나기 위해 짐을 싸고 있던 메리 제인은 울음을 터뜨립니다. 헉 핀은 메리 제인을 위로하다가 노예들이 다시 돌아올 것이라고, 그들의 헤어진 식구들이 다시 만나게 될 것이라고 자기도 모르게 황급히 말을 해버리는군요. 자, 헉 핀이 메리 제인에게 진실을 밝히는 장면을 봅시다.

■■■ 내가 너무 갑자기 말했다는 걸 알았다. 그리고 너무 말을 많이 했다는 것도. 난 난처해졌다. 잠시 생각할 시간을 달라고 그녀에게 청했다. 그녀는 매우 초조하고 상기된 채 그리고 아름답게 앉아 있었다. 그러나 앓던 이를 뽑은 사람처럼 편안하고 행복하게 보였다. 그래서 나는 생각해봤다. 자신에게 말했다. 궁지에 몰렸을 때 나서서 진실을 말하는 사람은 상당한 위험을 무릅쓰는 거다. 경험이 없어 확실하게 말할 수는 없지만. 하여간 내게는 그렇게 보인다. 그러나 확신하건대, 지금은 진실이 거짓보다 더 좋고 실제로 더 안전한 경우이다. 난 그것을 마음에 새겨 언젠가 생각해봐야 한다. 너무도 이상하고 예외적인 일이다. 난 이런 일은 본 적이 없다. …… 그래, 난 마침내 속으로 다짐했다, 모험을 하겠다, 이번에는 일어나서 진실을 말하겠다. (169)

그래요. 헉 핀은 자신이 엄청난 위험을 무릅쓰고 있다는 것을 알아요. 그럼에도 불구하고 그는 진실이 거짓보다 더 좋을 뿐만 아니라 더 안전하며 지금이 바로 그런 경우라고 믿었던 것이지요. 이제까지 사기꾼들에게 수동적으로 끌려오다가, 그들의 가식과 위선에 만정이 떨어지다가, 더 이상 자신을 아껴주는 착한 이들을 모른 척할 수가 없었던 것이지요.

이래서 일은 헉 핀의 계획대로 진행되지요. 그가 치밀하게 계획을 세울 때 제일 중요한 것은 언제나 짐의 안전이라는 것, 잊지 마세요. 그래서 헉 핀은 메리 제인에게 사기꾼들이 눈치채지 못하도록 며칠 동안 친척집에 가 있으라고 하지요. 이 부분은 간단하고 신속하게 처리하고 있어요. 헉 핀을 잘 알게 된 우리는 긴 설명이 없어도 사기꾼들의 계획이 수포로 돌아갈 것임을 확신하게 되지요.

이러저러한 우여곡절들을 거치며 모든 게 제자리에 올 것이고 팔려간 노예들도 돌아올 것입니다. 이런 과정에서 속속들이 드러나는 것은 마을의 실체입니다. 부끄럽고 슬프고 우스꽝스러운 인간들의 모습입니다. 가령 장례식장 장면을 보세요. 모두들 슬프고 엄숙한 얼굴로 죽은 사람을 애도하고 있는 듯하면서도 돌연 나타난 쥐 한 마리에 온 신경을 쏟는군요. 쥐가 어디로 도망갔는지 알려준 장의사가 그 순간 최고로 인기 있었다, 라는 슬쩍 지나가는 말을 보세요. 이 소설의 강점이지요. 할 말 다 하고, 꼬집을 것 다 꼬집고, 훈계할 것 다 하면서 유머와 해학을 맛볼 수 있게 하지요. 읽으면서 느닷없이 웃음이 터지기도 하고 감탄하지 않을 수 없게 되니까요. 사기꾼들이 쇼를 구경 온 마을 사람들에게 물었던 말이 생각나지요? "여러분, 충분히 재미도 있었고 교훈도 얻었습니까?"

자, 이제 이번 사기극이 어떤 식으로 마무리되는지 봅시다. 드디어 영국에서 고인의 친척들이 뒤늦게 마을에 나타납니다. 진짜들의 출현입니다. 이를 계기로 마을은 다시 한번 흥분 속에 휩싸이면서 그 허점이 확인되지요. 진짜와 가짜의 대면, 진짜와 가짜의 특징들도 고스란히 드러납니다. 흥미진진하지요. 새로 나타난 친척들 앞에서 가짜들이 어떻게 대응하는지, 친척들은 이 상황에서 어떻게 반응하는지 살펴봅시다.

뒤늦게 나타난 친척들 앞에서 가짜들이 당황했을까요? 그렇지 않지요. 이들이 그 정도로 어수룩한 자들이 아니지요. 그들은 결코 당황하지 않아요. 오히려 친척들을 향해, 어떻게 이런 사기꾼들이 있을까, 하면서 대단히 슬퍼합니다. 친척들을 사기꾼으로 몰고 가는 것이지요. 그럼 친척들의 태도는 어떤가요? 그들의 말은 단순명료합니다. 우리가 친척이다. 그래서 친척이라고 말하는 거다. 이렇게 쉽게, 간단하게 말합니다. 그들의 이 단순명료한 대답이 바로 가짜들과의 차이예요.

친척들의 경우, 진실과 말이 일치해요. 이유는 간단해요. 그들은 자신들을 남에게 증명해야 할 이유가 없어요. 장황한 말과 행동으로 과시할 필요가 없어요. 남들을 속이기 위해 시시콜콜 이웃들의 이름을 외우고 친분을 과장할 필요가 없어요. 그것이 진짜와 가짜의 차이입니다.

어떻게 당신들 말을 믿소? 증거를 대보시오. 마을 사람들은, 사기꾼들은 그렇게 윽박지르지요. 친척들은 뭐라고 대답합니까? 이 또한 간단합니다. 우리 트렁크가 이삼 일 안에 도착할 테니, 그때 증명될 테니, 그때까지 기다리지요, 하는군요. 보세요. 사기꾼들이 알지도 못하는 정보들만 잔뜩 수집하여 증거로 내놓는 것과 비교해보세요.

다시 한번 주목할 것은 친척들의 출현과 그들의 언행 앞에서 마을 사람들이 보여주는 태도입니다. 사람들은 친척들의 등장에 혼란스러워하거나 의심해보거나 다시 생각해보지 않아요. 오히려 뒤늦게 나타난 친척들을 맹렬하게 가짜로 몰고 조롱하면서 사기꾼 편을 들지요. 이래서, 능숙하고 천연덕스러운 가짜가 진짜 같고, 의외의 상황 앞에서 난감해하는 친척들이 의심스러워지지요. 마을 사람들 중 누구도 친척들의 의견을 받아들여, 확실한 증거가 도착할 때까지 기다립시다, 라고 말하지 않아요. 이 집단은 거짓과 진실을 구별하고 판단할 능력이 처음부터 없었던 것이에요.

이래서 기상천외한 일이 벌어집니다. 누가 진짜인지 알아내려고 와글거리다가 누군가가 외치는군요. 죽은 이의 몸에 어떤 모양의 문신이 새겨져 있는지 아는가, 모른다, 화살표 모양이다, 아니다, 알파벳 p와 b다, 아니 이 인간들이 몽땅 사기꾼이구나, 하며 흥분하여 그야말로 난장판이 벌어집니다.

그렇다면 처음 이 사기꾼들을 알아보았던 집안의 친구라는 의사는 이 순간 냉정을 유지하나요? 전혀 아니지요. 그도 역시 이 들끓는 상태에서 이성을 완전히 잃고 한술 더 뜨는군요. 그가 외치는 것을 보세요. "한 가지 방법이 있소, 여러분, 여러분, 모두 무덤으로 갑시다. 가서 무덤을 파고 시체를 확인합시다." 그렇군요. 한 사람의 이성적인 인물이 있다 해도 미친 듯한 군중 앞에서는 역할을 하지 못해요. 그 역시 광기 속으로 휩쓸리게 됩니다.

마을 사람들이 한밤중에 쏟아지는 폭우를 맞으며 미친 듯이 무덤으로 몰려가는 장면을 보세요. 그것은 더 이상 인간의 집단으로 보이지 않아요. 떼 지어 달려가는 들고양이 무리라고 했잖아요. 냉정하게 보고 판단할 능력, 이것이 사라지면 더 이상 인간으로 볼 수가 없다는 소리지요. 그들이 사는 마을이 좋은 세상이 될 수 있는 가능성은 없어 보입니다.

폭우 속에 몰려가는 사람들, 캄캄한 밤에 등불 하나 없이 무덤을 파헤치는 무리들에 관한 묘사는 무서울 만큼 사실적이면서 상징적입니다. 그들은 등불 하나도 챙기지 못했으면서 삽은 스무 개나 가져왔어요. 등불, 빛, 이성의 완벽한 부재. 작가는 이 장면에서 어떤 심정을 토로하고 있는 것일까요? 그래요. 작가는 마치 미국 민주주의의 완전한 실종을 보여주고 있는 듯합니다. 초기 개척민들이 신대륙 앞에서 기대했던 미국의 꿈은 더 이상 찾을 수 없는 듯해요. 그것은 시커먼 악몽으로 변하고 있으니까요. 인간에 대한, 미국 사회에 대한, 민주주의 이상에 대한 작가의 절망이 극에 달한 듯합니다.

그러나 말이지요, 이것이 전부일까요? 과연 작가는 절망적인 미국 사회를 보여주는 것에 그치는 걸까요? 생각해보세요. 헉 핀이 위험을 무릅쓰고 메리 제인에게 진실을 밝혔다는 것은 무엇을 말하는 것일까요? 일말의 가능성, 실낱같은 희망을 붙들고자 하는 것이 아닐까요? 이 사건이 어떻게 끝나는지를 보세요.

헉 핀이 메리 제인에게 진실을 밝힐 때 두 사람은 서로 약속했었지요. 메리 제인이 친척집으로 잠시 피했다가 다시 돌아와 창에 촛불을 켜놓겠다고, 그러면 헉 핀은 그걸 보고 모든 게 잘된 것으로 알겠다고 말이지요. 그때 메리 제인이 헉 핀에게 말했지요. "언제나 언제나 널 기억하겠어. 그리고 널 위해 기도하겠어."

헉 핀은 자신을 위해 기도하겠다는 메리 제인의 말을 잊을 수 없지요. 보잘것없는 나를 위해 기도해주다니! 자, 헉 핀은 폭우 속의 무덤 주위, 광란의 군중들을 벗어나 다시 캄캄한 동네로

숨차게 달려가지요. 어둠 속에 촛불이 없는 것에 실망하면서요. 그러다가 어느 한순간 메리 제인의 창에 촛불이 켜지는 것을 봤어요. 그의 가슴이 터질 듯해집니다. 보세요, 이 장면을.

■■■ 내가 마을에 도달했을 때, 나는 폭풍 속에 아무도 밖에 나와 있지 않은 것을 보았다. 나는 뒷골목을 찾지 않고 중앙 도로를 곧장 질주했다. 그리고 집 가까이에 왔을 때 눈을 똑바로 뜨고 바라보았다. 불빛이라고는 없었다. 집 전체가 캄캄했다. 그래서 나는 쓸쓸해졌고 실망했다. 왜 그런지는 알 수 없었다. 그러나 마침내, 내가 달려 지나가고 있는데, 메리 제인의 창에 반짝 불이 들어왔다! 나의 가슴은 별안간 터질 듯 부풀어 올랐다. 그리고 같은 순간, 집과 모든 것이 내 뒤로 어둠에 잠겼다. 다시는 이 세상에서 내 앞에 있는 일은 없을 것이었다. 그녀는 내가 만난 최고의 여자였으며 가장 용기 있는 여자였다. (184)

어떠세요? 우리도 순간, 헉 핀처럼 가슴이 뛰지 않나요? 그러면서 한참 동안 생각하게 되지요? 옳다고 생각될 때 위험을 무릅쓰고라도 확실하게 개입할 줄 아는 헉 핀. 사기꾼들의 위선과 군중들의 무지 속에서도 자기를 믿는 사람을 속일 수 없는 헉 핀. 캄캄한 어둠 속에서도 촛불을 알아보는 헉 핀. 그런데 말이지요, 우리는 알아요. 그 촛불을 켜게 만든 것은 다름 아닌 헉 핀이지요. 그것을 잊지 말아야지요. 자, 어떤 이는 여덟 개의 어두운 경험과 두 개의 빛 중에서 어둠만을 보고 어떤 이는 빛을 봅니다. 헉 핀은 빛을 선택한 것이지요. 그의 눈에 캄캄한 어둠 속에 나타난 불빛이 보인 것이지요. 그렇다면 이렇게 말할 수 있지 않을까요? 작가는 마을의 절망 가운데서도 한 줄기 희망을 포기하지 않은 것이라고. 헉 핀을 미국적인 낙관주의를 보여주는 대표적인 인물이라고 말하는 이유도 여기에 있는 듯합니다.

자, 여기서 우리는 헉 핀이 메리 제인에 대해 애틋함을 느끼는 것을 보았어요. 개구쟁이 헉 핀은 메리 제인을 잊지 못할 것이라고 강조하고 있어요. 애잔해지면서도 절로 미소를 띠게 되네요. 흔히 마크 트웨인의 소설 속에는 기억할 만한 여성 인물들이 보이지 않는다고 말하지요. 이는 물론 그의 소설이 주로 소년들이 주요 인물로 등장하는 모험 소설이기 때문이기도 하겠지요. 모험이 전통적으로 남성들의 일이고, 모험에 나서는, 길 위에서 만나는 이들이 여자보다는 남자가 많을 테니까요. 그러나 헉 핀이 이 소설에서 만난 여성 인물들은 그에게 중요한 영향을 줍니다. 믿음, 용기와 친절, 사랑, 이런 것을 알려주지요. 헉 핀을 양자로 삼았던 더글러스 부인과 미스 왓슨도 그를 보호하고 가르치려고 했지요. 잭슨 섬에서 나와 처음 만난, 눈이 반짝이는 귀여운 아주머니, 헉 핀이 잊지 못할 메리 제인,

그리고 나중에 등장하는 톰의 아줌마 등이 그래요. 이들 여성들은 헉 핀을 보살피고 챙겨주지요. 이들 여성들은 가부장 질서 안에서 규범과 예의를 지키고 가르칩니다. 그러면서도 때로 그 질서를 넘어서는 가치를 보여주기도 해요. 미스 왓슨은 유언장에 노예 짐에게 자유를 주겠다고 했어요. 물론 개인적인 정서에서 나오는 이런 행동이 노예 제도 자체를 고치지는 못해요. 그렇다 해도 여성의 배려에서 나오는 이런 행동들이 모이면, 이런 작은 틈새들이 커지면, 난공불락인 듯 보이는 제도의 벽을 흔드는 힘이 될 수 있어요. 보세요. 헉 핀이 사기꾼들의 정체를 밝히겠다고, 위험을 무릅쓰고 진실을 밝히겠다고 결심하게 된 동기도, 메리 제인과 그 자매들의 따뜻한 마음이었다는 것을. 이래서 이 책의 여성 인물들은 전면에 나서는 주인공들이 아니어도 중요한 역할을 하는 것이지요. 여성과 노예 짐과 무엇보다 떠돌이 소년 헉 핀과 같은 주변인들이 소리 없이, 때로는 과감한 행동으로 중심을 위협하려 해요. 아주 중요한 역할이지요. 그래요. 메리 제인을 기억하는 한, 헉 핀은 늘 진실 쪽을 택할 것 같네요.

Adventures of Huckleberry Finn

제10강

자, 이제 사기꾼들에게서 벗어난 헉 핀의 모험이 어떤 방식으로 마무리될 것인지 궁금해집니다. 살펴보지요. 그러기 위해 우리는 헉 핀과 짐이 모험을 시작했던 처음의 이유를 되살려 봐야겠습니다. 맨 처음 헉 핀과 짐은 왜 마을에서 도망쳐서 강으로 나왔나요? 짐은 자기를 팔아버리려는 주인에게서 도망쳐서, 자유를 찾아서, 팔려간 가족들을 되찾아 인간답게 살기 위해서였어요. 헉 핀의 경우, 기억하지요? 그는 술주정뱅이 아버지의 폭력을 견딜 수 없어서 목숨을 걸고 도망쳤지요. 돼지피를 뿌려 자기의 죽음을 만천하에 알리면서까지 아버지의 추적을 막았지요. 그는 아버지로 대변되는 마을의 폭력, 권위, 위선에서 탈출한 것이지요. 그리고 두 사람은 일단 마을로부터 도망친 후, 뗏목을 타고 자유와 해방을 찾아나선 것이지요. 그 과정에서 우리는 헉 핀과 짐 사이에 마을에서는 가능하지 않았던 새로운 관계가 위기를 겪어가며 생기는 것을 보았어요. 그래요. 두 사람의 새로운 관계 때문에 그들은 단지 도망자들이 아니라 새 가치를 찾아가는 사람들이 되는 것이지요. 이래서 그들의 외적 모험과 내부 관계의 진전이 함께 진행되는 것이 중요하지요.

자, 헉 핀이 메리 제인에게 진실을 밝힌 뒤 사기꾼들과의 동행이 어떤 식으로 끝날까요? 손 안에 들어온 큰 횡재를 놓쳐버린 뒤 뗏목으로 도망쳐온 사기꾼들은 서로 비난하며 싸우다가 헉 핀도 모르는 사이에 짐을 팔아버립니다. 처음부터 예상했던 일이지요. 팔려간 짐은 아랫마을 펠프스 농장에 갇혀버리지요. 헉 핀은 뒤늦게 이 사실을 알고 사기꾼들을 따돌린 뒤, 이 새로운 상황 앞에서 다시 갈등에 직면합니다. 두 번째 갈등이군요. 그는 지금까지 짐을 보호해온 자신의 행동이 사회적으로 어떤 일인가라는 질문에 다시 직면하게 됩니다. 좀더 살펴보지요.

사기꾼들이 겨우 40달러에 팔아넘긴 짐이 사일러스 펠프스 농장에 갇혀 있다는 것을 알게 된 헉 핀은 대단히 낙심하지요. 이해할 만해요. 그 험난한 일들을 함께 겪어왔는데, 짐을 보호하기 위해 사기꾼들의 비위를 거스르지 않고자 온갖 불편들을 감수해왔는데, 그 결과가 이렇게 되었으니까요.

헉 핀은 낯선 곳에 다시 갇혀 있는 짐을 생각하며 고민하지 않을 수 없습니다. 이렇게 짐이 다시 노예가 될 줄 알았으면, 차라리 미스 왓슨의 노예로 있는 게 낫지, 이게 웬일인가. 미스 왓슨에게 지금이라도 당장 그의 노예가 어디 있다는 것을 알려야 하지 않는가. 그러면서 그는 자신을 나무라기 시작하지요. 야, 미스 왓슨이 너에게 베푼 은혜를 생각해봐라. 먹여주고, 가르쳐주고. 그런데 너는 그의 노예가 도망치는 것을 지금까지 돕지 않았느냐. 도대체 무슨 짓을 한 거냐.

미스 왓슨의 재산을 찾아주어야 하는가. 그래서 짐이 지금 갇혀 있으니 현상금을 주고 다시 찾아가라고 편지를 써야 할 것인가. 그러나 이런 갈등 속에서도 헉 핀은 쉽게 결정을 내릴 수 없어요. 짐이 헉 핀을 철석같이 믿고 있기 때문이지요. 헉 핀은 도저히 결정할 수 없어 기도하려고 해요. 그러나 할 수가 없어요. 헉 핀 자신은 그 이유를 압니다. 미스 왓슨에게 편지를 쓰고 싶지만, 그러나 자기 마음속 깊은 곳에서는 이를 원하지 않는다는 것을 알아요. 긴 인용문이지만 이 부분을 정독해보지요.

■■■ …… 이에 대해 곰곰이 생각하면 할수록 나는 더 사악하고 비열하고 야비하게 느끼게 되었다. 그리고 드디어 돌연 바로 여기 내 얼굴을 후려치는 신의 명백한 손이 있다는 생각이 들었다. 내가 나에게 해를 끼친 적이 없는 불쌍한 늙은 여자의 노예를 훔치고 있는

동안, 거기 하늘에서 나의 사악함을 내내 감시하고 있었다는 것을 깨닫게 되었다.

언제나 감시하고 있는 신이 있다는 것을 나에게 보여주고 있으며 그런 불쌍한 행동은 여기까지일 뿐이고 더 이상 허용되지 않을 것이었다. 나는 너무 무서워 그 자리에 주저앉을 지경이었다. 그래, 난 원래 망나니로 컸으니 크게 내 잘못은 아니라고 스스로를 위해 좀 무마하려 애써보기도 했다. 그러나 내 안에서 어떤 소리가 계속 말하고 있었다. '주일 학교도 있었어. 넌 거기 다녔을 수도 있어. 그랬더라면 노예에 대해 나처럼 행동한 자들은 영원한 지옥불에 간다고 그들이 가르쳤을 거야.'

이런 생각에 나는 부들부들 떨렸다. 그리고 난 기도하기로 마음먹었다. 그리고 지금까지의 내가 아니고 더 좋은 아이가 될 수 있도록 노력할 수 있는지 알고 싶었다. 그래서 나는 무릎을 꿇고 앉았다. 그러나 말이 나오지 않았다. 왜 말이 안 나오는가. 애를 써봐야, 신에게 감추려고 해봐야 소용없었다. 나 자신에게도 감출 수가 없었다. 왜 기도를 할 수 없는지 나는 아주 잘 알고 있었다. 내 마음이 옳지 않기 때문이었다. 내가 올바르지 않기 때문이었다. 내가 이중 플레이를 하고 있기 때문이었다. 나는 죄를 포기하는 시늉을 하면서 그러나 저 깊이 내 안에서 가장 큰 죄를 붙들고 있었다. 난 입으로는 옳을 일을, 깨끗한 일을 하겠다고, 노예 주인에게 편지를 쓰고 그가 어디 있는지 알리겠다고 말하려 했다. 그러나 내 안 깊은 곳에서 나는 그것이 거짓임을 알고 있었다. 그리고 신도 그것을 알고 있었다. 거짓을 기도할 수는 없다. 나는 그것을 깨달았다.

그래서 나는 어려움에 부딪혔다. 나의 최대의 어려움에. 그리고 어찌할 바를 몰랐다. 마침내 생각이 하나 떠올랐고, 그래서, 가서 편지를 쓸 거야, 라고 말하고는 이제 기도할 수 있는지 보았다. 세상에, 놀라운 일이었다. 나는 금방 깃털처럼 가볍게 느꼈으며 나의 모든 어려움이 사라졌다. 나는 너무 기쁘고 흥분한 채 종이 한 장과 연필을 들고 앉아 썼다.

미스 왓슨, 당신의 도망간 노예 짐이 여기 파이크빌 2마일 아래 있어요. 펠프스 씨가 그를 붙들고 있어요. 그는 당신이 상금을 보내주면 짐을 풀어줄 거예요. 헉 핀." (191-2)

어떠세요? 난감해지네요. 그야말로 천신만고 끝에 여기까지 와서 다시 제자리로 후퇴하지 않았나요? 아랫마을 농장에 갇혀 있는 짐을 생각하면서 헉 핀이 새삼 다시 마을의 눈으로 자신의 행동을 보고 스스로를 책망하고 있으니까요. 그렇다면 지금까지 헉 핀과 짐 사이에 쌓인 믿음과 의리는 아무 소용이 없나요? 마을의 잘못된 제도를 다시 받아들여야 하나요? 좀더 봅시다.

헉 핀은 자신이 기도할 수 없었던 이유를 알고 있어요. 즉 그는 마음속의 생각과 행동이 일치해야 한다고 믿어요. 생각과 실천의 일관성을 믿고 있어요. 그래서 기도가 나오지 않자, 그는 일단 편지부터 쓰기로 한 거지요. 쓰고 나니 기분이 좋았고, 평생 처음으로 죄를 말끔히 씻어버린 듯해져요. 비로소 기도할 수 있을 것처럼 느끼고요. 그런데 보세요. 그는 즉시 기도하지 않고 편지를 내려놓고 생각하는군요. 그때부터 줄줄이 짐과 함께 겪었던 일들이 기억나는군요. 그러면 그렇지요. 헉 핀은 그동안의 과정을 없었던 것으로 돌리지 못해요. 그건 짐과 자기의 관계를 부정하는 것이니까요. 무엇보다 헉 핀 자신을 부정하는 것이기도 하고요. 좀더 읽어보세요.

■■■ 나는 기분이 좋았고 난생처음으로 내 모든 죄를 씻어버린 것처럼 느꼈다. 그리고 난 이제 기도할 수 있다는 것을 알았다. 그러나 난 즉시 기도하지 않았고 대신 종이를 내려놓고 거기 앉아 생각했다. 일이 이렇게 되어서 정말 다행이야. 자칫하다 내가 길을 잃고 지옥에 갈 뻔했잖아. 그리고 계속 생각했다. 강을 따라 내려온 우리들의 여행에 대해 생각했다. 나는 내내, 언제나, 낮에도, 밤에도, 때로는 달빛 아래, 때로는 폭풍 속에 있는 짐을 본다. 이야기하면서 노래 부르면서 웃으면서 천천히 떠내려가는 우리들을 본다. 그러나 나는 짐에 대해 기분 나쁘게 느껴질 어떤 점도 찾아낼 수 없는 것 같았고, 오히려 그 반대였다. 나는 그가 자기가 망을 본 뒤, 나를 부르

는 대신, 내가 계속 잘 수 있도록 망을 보고 있는 것을 보았다. 내가 안개 속에서 돌아왔을 때 너무도 기뻐한 그를 보았다. 그리고 거기 집안끼리의 큰 싸움이 있던 곳의 늪에 있던 그에게 다시 돌아왔을 때, 등등의 순간들을 생각했다. 그는 언제나 나를 허니, 라고 부르며 나를 토닥거렸고 나를 위한 일이라면 무엇이든지 했다. 그가 항상 나에게 얼마나 잘해주었는가를 생각했다. 그리고 마침내 나는 배 안에 홍역 환자를 태우고 있다고 어른들에게 말함으로써 그를 구했고 그가 얼마나 고마워했는지를, 그리고 내가 이 세상에서 늙은 짐의 최고의 친구라고, 유일한 친구라고 그가 말했던 때를 떠올렸다, 나는 그때 주위를 둘러보게 되었고 그 편지를 보았다.

막다른 골목이었다. 나는 그것을 집어 손에 쥐었다. 나는 떨고 있었다. 왜냐하면 나는 두 일 사이에서 하나를 선택해야만 한다는 것을 알고 있었기 때문이다. 나는 숨을 죽인 채 한순간 곰곰이 생각한 뒤, '그래. 그렇다면, 난 지옥에 갈 테다' 하고는 편지를 찢어버렸다.

그것은 무서운 생각들이었고 무서운 말들이었지만 그 말들을 해버렸다. 나는 그 말들을 취소하지 않았다. 그리고 좋은 아이가 되는 것에 대해서는 두 번 다시 생각하지 않았다. 나는 그 모든 것을 머릿속에서 지워버렸다. 그러고는 난 다시 사악함을 택할 것이라고, 그것이 원래의 나이고 나는 그렇게 키워졌다고, 그 반대가 아니라고 말했다. 그래서 일단 나는 일에 착수하여 노예 상태에 있는 짐을 다시 훔쳐낼 것이었다. 그리고 생각해낼 수 있다면 더 나쁜 일

도 할 것이었다. 왜냐하면 일을 하려고 확실히 마음먹은 이상 철저히 하는 게 좋을 테니까. (192-3)

자, 여기서 헉 핀의 생각이 움직이는 방식을 봅시다. 무엇보다 그는 짐과의 경험 중에서 좋은 것만 기억합니다. 고마운 것만 생각하지요. 이것이 헉 핀의 특징이에요. 헉 핀은 그 많은 일들을 함께 겪어온 짐과의 구체적인 좋은 관계를 마을의 제도 때문에 배반할 수 없어요. 반복하건대, 그것은 짐을 위해서만이 아니고 변화하고 성장한 자기 자신을 위한 것이기도 해요.

자, 우리는 헉 핀이 결정적인 선택을 할 때 무엇을 근거로 하는지 보았습니다. 이번에도 그는 어려운 선택을 하지요. 짐과 자신의 관계를 위해 그는 인습을 거스르기로 합니다. 그 결정의 어려움을 그는 이렇게 토로하지요. "그래 좋다. 나는 지옥에라도 가겠다." 이렇게 말한 뒤 그는 그 엄청난 말에 놀랍니다. 무서운 생각이고 무서운 말이다, 라고 그는 고백하지요.

그에게 생각과 말과 행동은 일치합니다. 기존 인습에 매달리는 마을 사람들의 삶이 생각과 행동의 이중성과 배반으로 일그러져 있고, 그로 인해 병들어 있는 것을 보아온 우리는 헉 핀의 이런 결정 앞에 안도하게 되지요. 희망을 품게 되지요. 우리는 헉 핀의 이 결정이 인습의 눈으로 볼 때 참으로 위험하다는 것도 알아요. 헉 핀 자신도 알고 있지 않나요? 그는 규범과 자기

목소리 사이에서 갈등하고 있으며 무엇보다 규범이 옳다고 믿고 있어요. 그래서 자신을 나쁜 아이라고 괴로워하지요. 그러나 지옥에라도 가겠다는 각오로 그가 지키려고 하는 것은 신뢰와 애정으로 엮인 짐과의 관계인 것이지요.

사회의 눈에 헉 핀의 선택은 대단히 위험해요. 그것은 노예제도를 위협하고 그 위에서 지탱되는 모든 질서와 가치를 전복시킬 수 있어요. 그러나 우리는 헉 핀의 선택이 짐과의 신뢰에 근거를 두고 있음을 보았어요. 다시 말해 헉 핀은 사회적인 저항을 하는 것이 아니에요. 의식적으로 기존 제도를 거부하겠다고 나서는 것이 아니에요. 그는 모든 것을 무릅쓰고 인습 대신에 자기를 믿고 사랑하고 돌보아준 짐을 선택하는 거예요. 그리고 이런 헉 핀의 선택이, 그로 인한 변화가 그 다음의 변화로 이어지는 것이지요.

제11강

자, 헉 핀은 지옥에 가더라도 짐을 구출하겠다고 결심을 했군요. 그를 따라갑시다. 짐이 마을 농장에 갇혀 있으니 헉 핀은 다시 마을에 들어가야 합니다. 이제부터 헉 핀이 행동하는 곳은 마을이에요. 이 부분이 중요하지요. 그가 처할 상황은 뗏목에서의 상황과는 다릅니다. 헉 핀과 함께 짐이 갇혀 있는 펠프스 농장으로 가봅시다. 거기서 헉 핀이 짐을 구하기 위해 어떤 우여곡절을 겪게 될 것인지, 어떤 예기치 않았던 일들을 겪게 될 것인지 기대해봅시다.

여기서 잠깐 이 소설의 구성에 대해 살펴볼까요? 헉 핀이 짐을 구하러 펠프스 농장이 있는 마을에 들어가는 것은 32장이고 소설이 끝나는 곳은 43장, 그러니까 짐 구출 과정이 12장이나 됩니다. 소설이 시작하여 헉 핀이 살던 마을을 떠날 때까지는 6장이지요. 총 43장 중에서 앞뒤 합해서 18장이 마을을 배경으로 하고 있는 셈이지요. 그래서 어떤 비평가들은 짐을 구출하는 과정이 지나치게 길어졌다고, 그래서 이 소설의 짜임새가 느슨해졌다고 해요. 순전히 농가 움막에 갇혀 있는 짐을 구출하느라고 너무 많은 분량을 썼다는 것이지요. 그렇게 생각할 수도 있어요. 가령 이 소설의 핵심을 헉 핀이 사기꾼들과 함께 남부 마을을 거치면서 목격하는 폭력과 부패의 양상을 강조하는 것에 둔다면, 노예 제도에 근거한 일그러진 공동체를 지적하면서 고발하는 것에 둔다면, 그렇게 말할 수도 있어요. 마지막 12장은 톰과 헉 핀 둘이서 농장에 갇힌 짐을 구하는 과정을 다룬 것이니까요.

그러나 문제가 그렇게 단순하지 않아요. 왜냐하면 짐을 구출하는 긴 과정을 통해 강조되는 것은 다름 아닌 노예 제도의 병폐이기 때문이에요. 이는 톰을 통해서 확인됩니다. 앞의 마을에 나왔던 톰이 다시 등장하거든요. 책의 권위를 무조건 믿고 우기던 모범생 골목대장 톰을 기억하지요? 그가 다시 후반부의 마을에 나타남으로써 짐 구출의 주도권은 헉 핀이 아니라 톰에게로 넘어갑니다. 이때 생기는 문제들이 있겠지요? 그런데 문제를 더욱 복잡하게 만드는 요소가 있어요. 그것은 갇혀 있는 도망노예 짐이 사실은 더 이상 노예가 아니라는 점이에요. 그의 옛 주인 미스 왓슨이 유언장에서 짐을 해방시켰던 것이죠. 문제는 이 사실을 톰은 알고 있으면서도, 헉 핀이나 짐, 그 누구에게도 알리지 않는다는 점이지요. 다시 말해 톰은 자유의 몸이 된 짐을 계속 갇혀 있게 놔두고, 자기가 그를 구출하겠다고 나섰다는 거예요. 자, 어떤 생각이 드나요? 황당하고 난감하지요? 골목대장 톰은 의기양양, 이미 자유로워진 짐을 구하겠다고 나서요. 그는 아무런 죄책감도, 부담도 느끼지 않아요. 또 개인적으로 무슨 위험 부담이 있겠어요? 그럼, 아니 도대체, 무엇 때문에 이런 일을 할까요?

그렇지요. 톰은 이제야말로 마음껏, 원하는 대로, 갇혀 있는 짐을 대상으로 책에서 읽은 갖가지 요상한 방법들을 다 동원해 보는 거지요. 아무것도 모르고 한여름에 갇혀 앉아 톰이 시키는 대로 따르느라고 별별 고생을 다하는 짐에 대한 미안함도 전혀 없어요. 또 아무것도 모른 채 집안에서 일어나는 이상한 일들 때문에 공포에 질리는 착한 식구들, 동네 사람들에 대한 배려도 전혀 없어요. 무엇보다 자기를 철석같이 믿고 있는 헉 핀에 대한 가책도 전혀 없어요. 어떤 생각이 드세요? 톰, 이 아이, 정말 큰일 날 애 아닌가요? 아니, 순진하고 귀엽다고요? 톰을 보면서 무서운 생각이 들지 않나요? 이런 모범생 소년이 자라서, 소위 모범 시민이 되어 지도자가 된다면, 그 마을에 희망이 있을까요? 무겁게 똬리를 틀고 있는 노예 제도가 행여나 없어질 가능성이라도 생길 것 같나요?

자, 이제 우리가 살펴볼 마지막 장들이, 짐 구출 작전이 왜 중요한지를 이해할 듯해요. 그래요. 소설 전체의 구성이 느슨해졌는지는 몰라도, 이 부분은 여분이 아니라 핵심으로 보여요. 책의 주제가 압축되어 나타난다고 생각되기 때문이지요. 작가는 이 부분을 통해, 톰을 통해, 노예 제도가 만들어내고 있는 인간상을 보여주는 듯해요. 책 많이 읽고 모범생이고 절대로 손해 보지 않고, 위험한 짓은 안 하는, 아니 못 하는 톰. 결코 짐의 입장을 헤아릴 수 없는 톰. 그가 누구인가요? 우리인가요?

자, 의문이 생기지요? 이렇게 영악하고 이기적인 톰은, 그러면, 놓치는 것이 없을까요? 그는 모든 것을 얻기만 할까요? 그리고 무엇보다도 헉 핀은 어떻게 되나요? 톰이 가짜 구출을 하는 동안 헉 핀은 뭐 하고 있나요? 이런 질문들을 안고 좀더 자세히 살펴보도록 합시다.

사기꾼들을 따돌린 후 헉 핀은 혼자 짐이 갇혀 있는 펠프스 농가에 도착합니다. 그의 눈에 비치는 이 마을의 모습과 분위기를 보세요. 사방이 뜨거운 볕이군요. 모두들 들에 일하러 나간 듯, 일요일처럼 적막하군요. 공중에서 벌레들과 파리들이 날아다니는 희미한 소리들이 너무도 외롭게 들리네요. 마치 사람들이 모두 죽어서 사라진 것처럼 느껴집니다. 바람이 불어

잎사귀들이 흔들리면서 내는 소리들은 죽은 영혼들이 속삭이는 것처럼 들리고요. 적막하고 외딴 동네군요.

펠프스 네는 이 가난한 목화농장들 중의 한 집이군요. 집들은 모두 똑같아요. 마당에는 모두 울타리가 쳐 있군요. 큰 마당 안에는 듬성듬성 초라한 잔디밭이 있지만 대부분은 맨땅이군요. 백인 주인들이 사는 큰 통나무집이 있고, 작은 세 개의 통나무집은 노예들을 위한 것이군요. 여기저기 졸고 있는 사냥개들이 눈에 띄네요. 이 개들은 도망친 노예를 잡는 데 꼭 필요하지요. 세 그루 나무들이 그늘을 만드네요. 까치밥나무와 구즈베리나무도 보이네요. 울타리 밖으로 과수원과 수박밭이 있군요. 거기서 목화밭이 시작되네요. 그리고 그 너머는 숲이에요.

대강 훑어본 이 농가에서 우리는 검둥이 노예들의 오두막집도 보았고, 도망노예를 쫓는 개들도 보았어요. 거의 발가벗은 작은 검둥이 여자아이, 남자아이들도 보이네요. 이곳이 노예제도 한가운데 있는 농가임을 상기시켜주는 것이지요.

보세요. 헉 핀이 하늘의 뜻에 모든 것을 맡기고 무작정 이 집 마당 안으로 들어섰을 때, 45-50세가량의 백인 여자가 목화 짜는 막대기를 손에 들고, 머리에 아무것도 쓰지 않은 채 달려나오면서 이렇게 외칩니다. "드디어 네가 왔구나, 그렇지?"

그러고는 헉 핀을 꽉 껴안고 그의 두 손을 움켜쥐고는 흔들고 또 흔들어요. 그녀의 두 눈에서 눈물이 줄줄 흐릅니다. 그녀는 또 소리쳐요. "얘, 넌 네 엄마를 안 닮았구나. 너무너무 반갑다! 애들아, 너희 사촌이다, 인사해라. …… 너무너무 오랫동안 널 보고 싶었어. 그래서 이삼 일 전부터 널 기다렸던 게야. 왜 이리 늦었니. 보트가 고장 난 거야? …… 아저씨가 매일 널 데리러 읍내에 갔단 말이다. 오늘도 한 시간쯤 전에 갔어."

아줌마의 반가움은 끝이 없군요. 그러나 보세요. 헉 핀이 어떤 곤경에 처하게 되었는지를. 헉 핀은 지금 아줌마가 이렇게 반가워서 난리를 치고 있는 자기가 누구인지를 알지 못해요. 그래서 진땀을 빨빨 흘리는군요. '난 정말이지 내가 누군지 알아야 해.'

그러나 그녀의 남편 펠프스 씨가 들어오면서 자기가 누구인지 알게 되지요. 톰 소여. 그래요. 헉 핀은 순식간에 이들 부부가 매일매일 기다리던 톰 소여가 된 거예요. 헉 핀은 일단 자기가 이 집에서 누구인지를 확실히 알게 된 것만으로 살 것 같아졌어요. 마치 새로 태어난 것처럼요. 더구나 다름 아닌 톰 소여라니!

자, 이렇게 해서 헉 핀은 마을에 들어서면서 톰이 되어버렸지요. 더 이상 이 마을에서 그는 헉 핀이 아닌 것에 주목합시다. 이는 무엇을 뜻할까요? 마을에서의 헉 핀은 강 위에서 우리가 보았던 그 헉 핀이 되기 어렵다는 것을 말하는 것일까요? 그럼 샐리 아줌마와 펠프스 씨가 애타게 기다리고 있는 톰은 어떻게 되나요? 그래요. 헉 핀이 가만히 있을 리가 없지요. 그는 미리 길에 나가 톰을 만났지요. 톰은 죽은 줄 알고 있던 헉 핀이 길 위에 나타났으니 얼마나 놀랐겠어요. 자, 이런 식으로 이야기가 흥미진진하게 이어지다가, 두 꾀돌이가 머리를 써서, 톰은 자기 동생 시드인 척하기로 약속하지요. 이래서 샐리 아줌마는 한꺼번에 톰과 그의 동생까지 맞이하게 된 것이고요.

자, 이제 좀 정리가 되었지요? 이렇게 해서 톰이 마지막 부분에 주역으로 등장하게 된 것이지요. 이 집 식구들에게는 이렇게 자기들을 톰과 동생이라 속여 놓고, 이제 헉 핀과 톰의 얘기를 들어봅시다. 헉 핀은 톰에게 그동안의 자초지종을 말하고, 이 집 어딘가에 짐이 갇혀 있다고, 자기가 여기 온 이유는 짐을 구출하기 위해서라고 실토합니다.

우리는 소설 도입부, 마을에서 톰이 갱단놀이를 주도했던 것을 기억하고 있어요. 그때 그의 특징들, 철저하게 책을 신봉하는 것, 책의 권위를 철석같이 믿고, 그것을 원칙으로 삼아 맹종하는 것 등을 기억하고 있어요. 그런 행동의 어리석음과 우스꽝스러움을 헉 핀이 지적할 때마다, 무식하다고 핀잔을 주던 것도요.

그러나 그때의 갱단놀이는 흐지부지되었었지요. 그들이 습격할 마차도 없고 동굴에 가두어 둘 예쁜 여자 포로들도 없었으니까요. 갱단인 척하는, 말 그대로 놀이에 불과했으니까요. 자,

그러나 이번에는 사정이 전혀 달라요. 바야흐로 톰의 놀이를 위한 최고의 환경이 준비되어 있어요. 톰이 이 기회를 놓칠 리가 없어요. 그래서 톰의 놀이가 본격적으로 진행됩니다.

톰에게는 갇힌 짐을 구출하는 것이 최고의 놀이인 것이지요. 그가 재미를 만끽할 수 있는 절호의 기회예요. 그러나 이 사실—짐은 이미 해방된 몸이라는 것, 톰은 자기 재미를 위해 구출의 모험을 결정했다는 것—을 알 리 없는 헉 핀에게 짐을 구출하는 것은 절박하고도 절실한 숙제예요. 그는 지옥에 갈 각오까지 되어 있잖아요.

톰이 짐을 구출하는 것을 돕겠다고 나섰을 때, 헉 핀의 반응을 보세요. 헉 핀은 자기 귀를 의심합니다. 충격을 받아요. 톰과 같은 모범생이 노예 탈출을 돕겠다니, 헉 핀은 상상할 수 없어요. 그는 톰에게 묻고 또 묻지요. 그의 반응을 보세요.

■■■ 그래, 한 가지는 너무도 분명했다. 그것은 톰 소여가 진지하며 실제로 갇혀 있는 노예를 훔쳐내는 일을 도우려 한다는 점이었다. 그것은 나로서는 감당하기 힘든 일이었다. 여기 존경받을 만한, 잘 자란 소년이 있다. 예의바르고 고향에는 점잖은 식구들이 있다. 그리고 그는 총명하며 멍청이가 아니다. 아는 것이 많고 무식하지 않다. 야비하지 않고 친절하다. 그런 그가 여기서 더 이상 자존심도 없이, 올바른 생각도 감정도 없이 자신을 망가뜨리면서 이 일을 하

려고 한다. 만인 앞에서 자신을 수치로, 자기 가족을 수치로 만들려고 한다. 나는 결코 이해할 수 없었다. 그것은 끔찍했다. 나는 당장 나서서 그에게 그렇게 말해야 한다는 것을, 그래서 그의 진정한 친구가 되어야 한다는 것을 깨달았다. 그는 당장 그가 하려는 일을 그만두고 자신을 구원해야만 하는 것이었다. 그래서 나는 그에게 말하기 시작했다. 그러나 그는 나의 입을 막고는 이렇게 말했다.

"넌 내가 뭘 하려는지 모른다고 생각하니? 내가 하려는 일을 내가 모르던?"

"알지."

"내가 노예 훔치는 것을 돕겠다고 하지 않았어?"

"그랬어."

"그럼 됐어."

……

그가 그렇게 해야 한다면 나로서는 도리가 없었다. (210-11)

여기서 우리는 두 가지에 주목하게 되는군요. 하나는 여전히 헉 핀은 도망노예를 돕는 일을 죄악으로 여기고 있어요. 마을의 눈으로 그 행동을 보는 것이지요. 톰이 짐의 구출을 돕겠다고 했을 때 헉 핀이 느끼는 충격과 실망을 보세요. 그는 믿을 수가 없어요. 톰처럼 존경받을 만한 모범적인 아이가, 좋은 집안 아이가 어떻게 노예 구하는 것을 돕겠다고 하는가. 왜 그런

수치스러운 일을 해서 자신과 집안의 명예를 더럽히려고 하는가. 그는 진정한 친구로서 톰에게 이를 말해주려고 하잖아요.

또 하나는, 헉 핀이 충고해주려고 했을 때의 톰의 태도예요. 톰은 헉 핀의 말을 들어보려고도 하지 않아요. 일단 헉 핀의 의견을 들어보고 생각해보고 자신의 의견을 헉 핀에게 말하는 일련의 과정 자체를 허용하지 않아요. 그는 강압적인 태도로 대화 자체를 처음부터 차단하고 있어요. 소설의 시작에서 톰의 독선적인 태도를 보았지만, 여기서 다시 한번 확인하게 됩니다.

이래서 앞으로 갇혀 있는 짐을 구하는 과정에서 톰이 전적으로 주도권을 잡게 될 것이에요. 헉 핀은 자기의 의견이 따로 있더라도 톰의 의견에 따를 것이고요. 짐을 구하는 것이 지옥에 갈 만큼 나쁜 짓이지만, 짐을 다시 노예로 붙들리게 할 수 없기 때문이지요. 그만큼 지금까지 함께 키워온 짐과의 관계를 포기할 수 없고 소중하게 여기기 때문이지요. 자, 보세요. 헉 핀은 자신이 하는 일이 노예 제도에 저항하는, 불의에 대항하여 싸우는 일이라고 결코 생각 못 해요. 단지 짐과의 개인적인 관계를 어떤 대가를 치르고서라도 지키고 싶은 거지요. 그래요. 반복하지만, 헉 핀에게는 제도보다 짐이 중요해요. 그런 헉 핀의 행위는 인습의 입장에서 보면 기존 질서를 위협하는 것이 되고요.

자, 이제부터 톰이 어떤 식으로 짐을 구출하려고 하는지 살펴봅시다. 톰의 원맨쇼를 주의 깊게 따라갑시다. 헉 핀이 어떻게 보조 역할을 하는지도. 헉 핀의 태도는 처음에는 당당하고 확고했었어요. 헉 핀은 톰에게, 자신이 짐을 구출하려고 한다, 그래 난 그런 놈이다, 그렇게 알라, 그러나 너는 절대 이 일을 발설해서는 안 된다, 라고 다짐했었죠. 그런데 언제부터 주도권이 톰에게로 넘어갔나요? 짐을 구출하는 것은 헉 핀의 일이고 톰은 어디까지나 도와준다고 했는데 말이지요.

먼저 톰은 짐이 그 집 바깥의 오두막집에 갇혀 있는 것을 알아냅니다. 노예가 마실 것과 수박을 가져가는 것을 보았고, 문을 열쇠로 열고 들어갔다가 자물쇠로 잠그는 것을 보았던 거지요. "그거 개가 먹는 거 아냐?" 헉 핀의 말에, 톰은 대답합니다. "아니지, 개는 수박을 안 먹지." 헉 핀이 감탄하지요. "그렇구나. 나는 보면서도 제대로 보지 못하는구나."

이때부터 톰이 주도하기 시작합니다. 톰은 논리적으로 말하지요. 수박을 가져가는 것은 사람이 있다는 소리이고, 문을 잠근다는 것은 누가 갇혀 있다는 소리이다. 그는 자신이 이런 방식으로 추리하여 알아내는 것에 아주 만족합니다. 그러면서 말하지요. 너도 잘 생각해보고 나도 생각해보고, 둘 중에서 좋은 것을 택하자. 이 말은 매우 그럴듯하게 들리지만, 무엇을 제일 먼저 고려해야 하느냐에 따라 어느 것이 더 좋은 방법인지 달라집니다.

반복하건대, 헉 핀은 짐을 구출하는 것이 최우선입니다. 그러나 톰은 모험놀이가 목적이니까 간단하게 짐을 구출해버리면 너무 싱겁지요. 그러니 헉 핀이, 무조건 구출하자, 일단 갇혀 있는 사람이 짐인 것이 확인되면 밤에 주인 주머니에서 열쇠를 훔쳐서 미리 대기시켜 놓은 뗏목을 타고 달아나자, 라고 말하면, 톰은 그렇게 간단해서야 계획이고 뭐고 할 게 있냐고, 한마디로 무시하지요. 그러면서 자기 계획을 장황하게 늘어놓지요. 계획을 듣고 헉 핀이 말해요. "그래, 몇 배나 더 좋구나. 스타일에 관한 한." 문제는 여기 있어요. 내용이 아니라 스타일에 관해서는 그게 더 좋다는 말.

자, 스타일이 나오네요. 그래요. 놀이가 목적이니까 이때부터 재미있고 스릴 있게 하느냐가 중요하지요. 배고플 때는 일단 무엇이든지 먹어야지요. 그러나 먹는 것이 목적이 아니고 사교를 한다든가 분위기를 찾는다든가 하면 스타일이 등장해야지요. 장소도 중요하고 테이블 세팅도 중요하지요.

이때부터 짐을 구출하기 위한 크고 작은 갖가지 방식들이 하나하나 나열되지요. 구체적으로 어떻게 하는지, 자세하게 묘사되어 있어요. 톰이 놀이를 위해, 자기 재미를 위해 짐을 어떻게 도구로 사용하는가를 보여주는 것이지요. 보세요. 홑이불을 훔쳐서 찢어 길게 이어 사다리를 만들고, 뱀과 거미와 쥐들을 잡아 짐이 갇힌 곳에 넣어주고, 눈물로 식물을 키우라고 하고……

이 어처구니없는 아이들 장난을 왜 이렇게 시시콜콜 자세하게 써야 하는지 의문이 생기지 않나요? 아이들의 흥미진진한 모험인 것처럼 묘사되고 있지만, 그것이 전부일까요? 이 모든 과정을 통해 작가는 세 사람의 반응, 톰과 헉 핀, 그리고 짐의 반응으로 그대로 보여주지요. 무엇보다 주도권을 쥔 톰의 태도를 강조합니다. 톰은 예외 없이 자기 방식을 고수해요. 다른 이의 의견을 절대로 받아들이지 않아요. 톰에게 짐에 대한 배려는 있을 수 없어요. 오히려 짐도 그 과정을 즐기게 될 것이라고까지 생각하지요. 그는 자기 식으로만 생각하니까요. 그래요. 짐을 구출하는 동안 결코 다른 사람의 입장에 대해서 생각 못해요. 집안에서 나이프와 포크, 백납 스푼과 놋촛대 등을 훔쳐 내는 동안 샐리 아줌마가 혼비백산하고 신경이 날카로워져도 전혀 상관하지 않아요.

톰의 행동을 지배하는 것은 원칙과 권위예요. 다시 말해 그는 책에 쓰여진 것, 표준에 맞는 것들을 원칙이라 정해놓고 그걸 권위라고 인정해요. 그대로만 실행해요. 가령 도끼가 있어야 되는데 없으면, 도끼 대신 칼로 대신하는 게 아닙니다. 칼이 곧 도끼다, 라고 가정을 하고 그렇게 믿어요. 눈 가리고 아웅이지요. 헉 핀은 이런 톰에게 확실하게 말해요. 칼이건 도끼이건 뭐가 중요하냐. 중요한 것은 짐을 구해야 한다는 사실이다. 그러나 톰은 개의치 않아요. 그는 원칙대로 해야 합니다. 위험한 것은 다른 사람에게 어떤 피해를 주는지 전혀 개의치 않는다는 것이지요. 이런 독선과 오만이 그와 짐의 경우도 마찬가지예요. 감옥에서 죄수들이 오래 버티려면 동물을 길들여 친구로 삼는다, 이렇게 책에서 읽었으니 그대로 해야 한다는 거지요. 그래서 뱀들, 거미들, 쥐들이 짐이 자는 곳에 우글거리지요. 그걸 보고 톰은 흡족해하지요. "봐라, 아주 재미있게 지내는구나." 이에 대해 짐은 대답합니다. "그렇군요, 주인님. 재미있군요. 그러나 나는 어떻게 되는 거죠?"

우리도 백번이고 짐과 같은 생각입니다. 헉 핀과도 같은 생각입니다. 그러나 톰은 이렇게 말해요. "야, 죄수가 뱀을 길들인 적이 없었으니, 짐, 네가 처음이다. 너는 신기록을 세우는 거다. 그 영광도 너의 것이다." 그러자 짐이 말하네요. "아이구 난 그런 영광 싫어요. 영광이고 뭐고 빨리 여기서 빠져나갔으면 좋겠어요. 죄수가 되는 것이 이렇게 힘 드는 것인 줄 몰랐어요."

톰이 말하지요. "감옥에서는 죄수들이 꽃을 눈물로 키운대." 짐이 말하지요. "눈물은 무슨 눈물입니까? 샘물로 키우면 돼요." 계속 톰이 눈물로 키워야 한다고 우기니까 다시 짐은 말하지요. "내 눈물로 꽃을 키우게 되면, 꽃이 죽어요. 나는 웬만해서는 안 울거든요." 잘 안 울거든요, 짐의 이 말은 참으로 의미가 깊군요. 노예의 고통을 겪으면서도 울지 않고 견디어내는 그들과 걸핏하면 눈물을 흘리는 남부 마을 사람들이 비교되는군요. 자, 하여간에 이 정도면 톰이 고집을 꺾을 만도 한데, 천만에요. 제 고집을 꺾는 일이 없어요. 헉 핀도 짐을 거들어 옳은 소리를 하고, 자기가 더 이상 할 말이 없게 되면, 막판에 톰이 꺼내드는 카드는 뭐지요? 책 속에서 권위자들이 말하는 것이 곧 원칙이라고 우기는 것이지요. 이것도 모자라면 도덕까지 들먹이지요. 이것도 모자라면 명예를 들고 나옵니다. 도덕, 명예, 원칙. 이것이 톰이 주장하는 것들이에요. 자, 이런 대의명분들이 톰에 의해 어떻게 남용되고 있는지를 더 보세요.

짐이 계속해서 자기는 잘 울지 않으므로 눈물로 키우면 꽃이 시들게 될 것이라고 하자, 톰은 참지 못하고 퍼붓는군요. "참는 것도 한계가 있지. 너처럼 이 모든 과정을 거치며 탈출한 죄수는 없어. 넌 기록에 남을 거야. 그런데 고마워하기는커녕 무식한 소리만 해대니, 은혜도 모르는구나."

그래요. 두 번씩이나 이런 소리를 듣는군요. 이 말 속에 드러나는 톰의 욕망을 보세요. 그가 원하는 것은 단순한 재미만이 아니에요. 그는 역사에도 남고 싶어요. 지배하고 과시하고 유명해지고 싶어요. 그래요. 톰이 하는 짓을 볼수록, 그의 말을 들을수록, 우리는 기운이 빠지려고 해요. 책과 권위를 핑계로 타자를 지배하려 하고 공명심은 이리 강해요. 그러나 이를 전혀 깨닫지도 못하지요. 그러니까 나, 자신, 내 의견이란 것이 알고 보니 전부 밖에서 빌려온 것이군요. 그러니 계속 남에게, 책에게 의존할 수밖에 없어요. 그러다 보니 실제 상황을 외면

하면서 오만과 독선에 빠지게 되지요. 이런 톰에게서 우리는 지식인의 일면을 봅니다. 작가는 톰을 통해 탁상공론에 빠질 위험이 있는 지식인을 경고하고 풍자하고 있는 것 같군요. 그에 비해, 헉 핀은 실용적이고 현실적인 지혜를 믿지요.

짐을 구출하기 위해 톰과 헉 핀이 하는 얘기들을 들어보세요. 몇 가지 예를 들까요? 무엇보다 톰은 불평을 해요. 짐을 구출하는 것이 너무 쉽다고, 어려움과 위험이 따르지 않는다고, 아주 실망을 하는군요. 짐의 다리가 쇠사슬로 침대에 묶여 있으니, 슬쩍 침대를 들어올리기만 해도 된다는군요. 그러면서 한다는 소리가, 짐의 다리를 대신 자를 수도 없고, 하지요. 펄쩍 뛰는 헉 핀에게, 아니 뭐, 이 경우에는 그럴 것까지는 없지만, 하고 얼버무립니다. 또 있어요. 톰이 홑이불을 훔쳐 줄사닥다리를 만들자고 하자, 헉 핀은 말하지요. "히코리 나무줄기가 도처에 널려 있으니 그걸로 하자. 홑이불을 낭비하지 않아도 되고 돈을 주고 살 필요도 없잖니." 그러나 물론 톰의 고집대로 홑이불을 훔쳐내지요. 두 사람의 대화를 듣고 있으면 제일 큰 차이가 있어요. 즉 누구의 입장에서 일을 하느냐가 핵심이지요. 헉 핀은 갇혀 있는 짐의 입장에서 생각하고 말해요. 톰은 자기 재미를 위해서 마음껏 모험놀이를 즐기려고 하고요.

무슨 생각이 드나요? 이곳이 마을인 것을 우리는 잊지 않았지요. 마을에 오면, 헉 핀은 자기 의견이 분명함에도 불구하고 톰의 논리에 밀립니다. 언제나 톰이 "너 어떻게 이렇게 무식하니? 책을 도대체 읽은 적이 있는 거야? 책을 쓴 권위 있는 이들의 말을 들을 거야 말 거야?" 하는 말에 슬그머니 수그러들어요.

헉 핀은 책, 모범생, 이런 것에 밀리는군요. 강 위에서 헉 핀은 늘 임기응변으로 자기 본성이 시키는 대로 했어요. 마을의 눈으로 자신을 보면서 갈등을 겪고 죄책감을 느끼는 경우에조차도 마지막 결정은 에라, 지옥에 가자, 하면서 짐을 배반하지 않았어요.

그렇다면 짐은 또 어떤가요? 짐은 헉 핀과 톰으로부터 자기를 구출할 계획들에 관해 들어요. 짐이 갇혀 있는 오두막 아래 흙을 파내야 하고, 홑이불을 훔쳐서 사닥다리를 만들어야 하고, 자기 피로 일지를 써야 한다는 말을 들어요. 짐은 자기를 빨리 구해내지 않고 이런저런 일들을 해야 한다고 하니 도저히 이해할 수 없어요. 그러면서도 그는 헉 핀과 톰은 백인들이므로 자기보다 더 잘 알 것이라고 생각하며 따르지요.

톰은 백인 기득권자의 특징을 다 보여줍니다. 그는 중요한 일을 결정하고 명령하고 지휘합니다. 책의 권위를 내세우면서 배우지 못한 헉 핀과 노예 짐을 복종시키는 것이지요. 뿐만 아니에요. 그는 남성 우월의식도 몸에 배어 있어요. 감옥일지를 눈물로 쓰는 것은 여자들이나 하는 짓이며, 최고 권위자들은 자기들의 피로 쓴다고 하지요. 또 집안에서 살림살이가 계속 없어지자, 아줌마는 극도로 불안해져서 작은 소리에도 펄쩍 놀라며 제 정신이 아니에요. 이를 보며 톰은 여자들은 모두 그렇다는 식으로 말해버리지요. 그의 장난이 원인인데 말이지요.

다시 반복하지요. 강 위의 뗏목에서는 헉 핀과 짐은 대화하고 이해하면서 백인과 노예 사이의 장벽과 편견을 극복해가는 모습을 보여주었어요. 그러나 톰이 등장하자, 이런 의사소통은 없어지고 톰의 일방통행이에요. 짐 역시 마찬가지예요. 백인들이 찬탄해 마지않는 솔로몬 왕의 지혜를 뚜렷한 이유를 대면서 한마디로 무시해버리던 그였는데 말이지요.

우리는 이해합니다. 헉 핀에게는 짐을 구출해내는 것이 중요하고, 짐도 자신의 운명이 두 백인 소년에게 달려 있다는 것을 잘 알고 있어요. 문제는 이래서 아무도 톰의 오만과 독주를 멈추게 할 수 없다는 것이지요.

어떻게 생각하세요? 우리 무슨 할 말 없어요? 그렇지요. 이런 상황은 결국에는 양쪽 모두에게 해롭지요. 톰의 독선을 고쳐줄 사람이 없으니 톰은 깨달을 수 있는 기회가 없지요. 나중에 더 큰 화를 불러올 수밖에 없고요. 헉 핀과 짐은 정해진 운명을 감수하는 것이고요. 이래서 노예 제도는 백인을 폭군으로, 흑인을 노예로 만드는 것이지요.

Adventures of
Huckleberry Finn

제12강

자, 이제 톰의 모험놀이가 어떤 피해를 가져오게 되는지 살펴보지요. 톰의 놀이가 더 이상 아이들의 장난일 수 없는 이유가 분명해집니다.

톰의 계획대로 짐의 구출이 진행되고, 드디어 이 집안에 협박쪽지를 보내면서 상황이 심각해집니다. '경고하노니 위험이 닥치고 있다. 조심하라.' 그다음 날은 피로 해골을 그려 앞문에 붙이고, 그 다음날은 관을 그려 붙입니다. 짐을 지키고 있는 검둥이 목에는 잠든 사이 협박편지를 걸어놓고요. 이래서 온 가족이 공포에 떨게 됩니다. 온 동네가 두려움에 떨게 되지요.

샐리 아줌마와 식구들은 초죽음이 되어 안절부절못합니다. 그러면서도 아이들과, 톰과 헉 핀이 놀라지 않도록 아무 말도 하지 않아요. 톰은 이런 상황을 의기양양하게 즐기며 대만족이지요. 이렇게 모든 일이 제대로 진행되는 것을 본 적이 없다, 라고 하면서요. 심지어는 이런 말까지 해요. 이런 일이 80년 동안 계속되어 짐의 자손들에게까지 이어졌으면 좋겠어. 짐도 이 일에 익숙해져서 즐기게 될 거야. 식구들이 불안과 공포로 죽을 지경이 되어가도 죄의식이라고는 전혀 없어요. 이기심과 잔인함은 연결되어 있어요.

보세요. 톰의 이기심이 어떤 재난을 초래할지를. 드디어 온 집안 식구들과 동네 사람들까지 혼비백산하게 만들어 놓은 뒤 톰과 헉 핀은 짐을 탈출시킵니다. 세 사람은 오두막을 빠져나와 도망가기 시작해요. 공포에 질려 이 집에 모여 망을 보고 있던 마을 사람들이 너도나도 총을 들고 이들을 쫓아옵니다. 탕, 탕, 탕, 동네 개들도 맹렬히 쫓아오지요. 그러나 개들은 도망가는 이들이 평소에 잘 알던 헉 핀과 톰과 짐인 줄 알게 되자 상관하지 않고 앞으로만 달려가지요. 헉 핀이 이 마을에 왔을 때 사방에서 개들이 달려오던 모습이 생각나네요. 총소리도 낯익지요? 그렇지요. 남부 마을을 거쳐 오면서 우리는 총에 맞아 죽는 이들도 보았어요. 개들도 보았어요. 도망친 노예들을 잡기 위해 총과 개들이 이렇게 일상 속에서 필요한 것이지요.

세 사람은 강가의 숲에 감추어두었던 헉 핀의 뗏목으로 도망칩니다. 그러나 큰일이 나고야 마는군요. 드디어 사고가 났어요. 쫓고 쫓기는 이 와중에서 톰이 다리에 총을 맞은 거지요. 중상입니다. 위기예요. 이건 놀이가 아니에요. 그런데 세 사람의 태도를 보세요. 톰은 놀라기는커녕 아주 기고만장해집니다. 드디어 자기도 진짜 모험의 주인공처럼 총에 맞아 고통을 겪게 되었으니까요. 그는 이 모든 것이 너무도 멋들어지게 끝내준다고 흥분을 감추지 못해요.

자, 이런 톰을 보면서 무슨 생각을 합니까? 문제가 심각하지요? 재미로 모험놀이를 하다가 목숨을 잃을 수도 있어요. 무엇보다 짐이나 헉 편이 총에 맞았을 수도 있어요. 그는 자기 목숨뿐만 아니라 두 사람의 목숨까지 위태롭게 한 것이에요. 문제는, 여전히 톰은 사태의 심각성을 알지 못한다는 것이에요. 오직 일생일대의 놀이가 자기가 총에 맞으면서 진짜 모험이 되었다는 사실에 흥분을 감추지 못해요.

톰이 가짜 모험을 하다가 총에 맞아 피를 흘리면서도 이렇게 의기양양해진다면, 그렇다면 그는 자신의 고통을, 그리고 죽음조차도 조롱하고 있지 않나요? 이는 자신의 삶과 생명도 우습게 여긴다는 소리이기도 하지요. 그래요. 톰이 가짜 모험을 하면서 치러야 하는 대가는 자신의 고통과 삶조차 가짜로, 웃음거리로 만들어버린다는 점이지요. 계속 보세요. 톰은 놀라기는커녕 더욱 의기양양해져요. 생애 최고의 기쁨을 누려요. 그래요. 톰은 진짜 모험은 결코 하지 못해요. 하지 않아요. 그는 모범생이라는 자신의 기득권을 결코 놓치지 않을 거예요. 그러면서도 재미와 스릴을 찾고 있어요. 그래서 그는 안전하게, 이미 해방된 짐을 구출하겠다고, 그것을 모험이라고 한 것이지요. 그러나 보세요. 우리는 그의 모험놀이 또한 안전하지 않다는 것을, 대가를 치른다는 것을 알았어요. 그는 자기 꾀에 넘어가서 큰일 날 뻔했지요.

그러나 헉 핀과 짐의 반응을 보세요. 두 사람은 톰이 총 맞은 것을 알자 더 이상 기뻐할 수 없어요. 의사를 부르겠다고 하자 톰은 피를 흘리면서도 펄쩍 뛰며 말리지요. 그러자 짐이 말합니다. “만일 톰 도련님이 지금의 내 입장에 있고 다른 사람이 총에 맞았을 경우 그가 말했을까? 계속 도망가, 의사는 상관도 마, 라고? 그랬을 리가 없어. 나, 짐도 그렇게 말할 수 없어. 의사가 와야 해. 40년이 걸려도.”

짐의 이런 말을 들으니, 부끄럽습니다. 짐은 지금 자기가 잡히면 린치당하고 처형당할 것을 그 자신이 너무 잘 알고 있어요. 그는 자기가 이미 자유의 몸이 되었다는 것을 모르잖아요. 이 모든 우여곡절과 어려움이 톰의 거짓과 이기적인 장난의 결과라는 것을 모르고 있어요. 헉 핀도 모르고 있어요. 그러므로 헉 핀과 짐은, 지금 도망가지 않고 피 흘리는 톰을 위해 의사를 부르러 갔다가 붙들리게 되면 모든 것이 수포로 돌아간다는 것을 알고 있어요. 헉 핀은 도망노예를 도왔다는 비난을 평생 견려야 될 것이고요.

이 사실을 잘 알고 있음에도 불구하고 짐은 자기를 구출하다가 총에 맞은 톰을 놔두고 도망갈 수 없다고 우기지요. 짐에게는 자기 생명보다 신의가 더 중요한 것이에요. 헉 핀조차도 짐의 이 말에 감동받아요. 헉 핀은 짐의 이런 면모를 뗏목을 타고 오면서 몇 번이고 경험했었는데, 여기서도 이를 확인하는 것이지요. 여기서 짐의 태도는 존엄성 있는 인간의 모습이에요. 다른 이에 대한 신의이고 자신에 대한 존중이지요.

이래서 헉 핀은 의사를 데리러 가고 그 와중에서도 톰은 의사의 눈을 가리고 데려오라고 지시하는군요. 의사가 와서 치료하는 동안 짐은 숲 속에서 숨어 기다릴 것이고요.

자, 톰의 놀이가 어떻게 끝나는지 보세요. 이틀이 지나 톰은 들것에 실려, 그리고 짐은 사슬에 묶여 다시 농장으로 돌아옵니다. 마을 사람들이 떼를 지어 몰려와서 이놈을 매달아 죽이자, 때려죽이자, 퍼붓는 것은 당연하겠지요. 이 도망노예 때문에 온 마을이 초죽음이 되었으니까요. 그러나 이 와중에서 의사가 말립니다. "난 이런 노예를 처음 보았소. 내가 톰을 치료하자면 도움이 필요한 것을 알고는 그가 숨어 있다가 나와서 나를 도와주었소. 잡힐 줄 알면서도 목숨을 걸고. 정말 훌륭한 노예요." 우리는 지금까지 마을의 이런저런 엘리트의 모습들을 보았어요. 그들과 군중들의 관계도 보았어요. 지금 이 의사를 보면서

지도자에 대해 그래도 희망을 갖게 됩니다.

자, 소동을 다 거친 뒤에야 톰은 짐에 관한 진실을 말합니다. 정신을 차린 그는 소란을 일으키며 사슬에 묶여 있는 짐을 풀어주라고, 짐은 벌써 옛날에 자유로워졌다고 말하는군요. 미스 왓슨이 유언장에서 짐을 해방시켜주었다고, 짐은 노예가 아니라고 밝히는군요. "세상에, 그렇다면 이미 자유로워진 짐을 구해내느라고 왜 이 난리를 쳤는데?" 아줌마의 물음에 톰은 아주 쿨하게 대답하는군요. "그야 물론 모험을 하고 싶어서요."

자, 이제 톰이 이 혼란과 공포를 초래해놓고, 뒤늦게 진실을 밝히고는, 어떤 방식으로 마무리를 하는지 봅시다. 어떻게 그 동안의 헛된 낭비에 책임지는지 봅시다. 그러나 톰에게는 모든 것이 아주 간단해요. 즉 돈으로 보상하면 됩니다. 톰은 짐에게 그동안 고생했다고 40달러를 줍니다. 철석같이 자기를 믿은 사람들에 대해 일말의 미안함도 죄책감도 없어요. 또는 그런 감정조차도 그는 돈으로 계산하는 것일까요? 헉 핀에 대해서는 어떤가요? 톰이 사과하거나 설명하나요? 아니요, 그런 것은 없어요.

헉 핀이 톰에게 이미 해방된 짐을 구출한 뒤 어쩔 작정이었냐고 묻자 톰은 이렇게 대답했지요.

■■■ 처음으로 단둘이 있게 되었을 때 나는 톰에게 물었다. 이미 해방된

> 노예를 그가 자유롭게 풀어주었다면, 그는 무엇을 할 계획이었느냐고. 그러자 톰은 애초부터 머릿속에 세워두었던 계획을 말했다. 우리가 짐을 무사히 구출하면, 그를 뗏목에 태우고 강을 따라 모험을 하며 강 입구까지 가서 그가 자유로워졌다는 것을 말하고, 기선에 태워서 멋지게 다시 집으로 데려온 뒤, 잃어버린 시간에 대한 보상으로 돈을 주고, 미리 편지를 써서 모든 노예들을 모이게 하여, 횃불 행진과 브라스 밴드에 맞춰 왈츠를 추며 그를 마을로 데리고 들어갈 거라고. 그러면 그는 영웅이 될 것이고 우리도 영웅이 될 것이라고…… (261)

자, 보세요. 앞에서도 말했지만, 톰은 치밀하고 영리하며 과시욕에 명예욕까지 있어요. 그러나 그의 영리함과 치밀함이, 명예욕이 어떤 결과를 가져왔나요? 그가 측은해 보입니다. 그가 다른 이의 고통과 자유를 대가로 일생일대의 모험을 했다지만, 그건 어디까지나 가짜였을 뿐이지요. 절박함도 진실함도 없는 그의 모험놀이는 타자를 도구로 이용했고, 자신의 삶도, 고통조차도 희화화시키지요.

톰의 모험놀이를 보면서, 짐에게 40달러를 주겠다는 것을 보면서 암담해집니다. 모험놀이를 위해 자유로워진 짐을 괴롭히고, 주위 사람들을 공포와 불안에 몰아넣고, 자신도 총에 맞은 톰, 그 모습이 우리가 보아온 남부 마을을 떠올리게 합니다. 이유도 모른 채 서로 총으로 쏘아죽이던 귀족 집안 사람들, 가난한 사람들의 무기력과 폭력, 발작적이고 눈물범벅인 부흥회의 모습들…… 이런 것들도 떠오릅니다. 영리하고 잔인한 톰이 어른이 되어 기득권을 갖게 되는 마을의 모습들이 아닌가요?

톰이 놓치는 것은 생생한 현장입니다. 살아 있는 경험들이지요. 보세요. 헉 핀의 모험과 톰의 모험놀이의 근본적인 차이는 무엇입니까? 헉 핀은 늘 긴장해야 했어요. 쉬지 않고 변하는 예측할 수 없는 상황에 순간순간 대응해야 했어요. 마을 규범과 자신의 판단 사이에서 갈등하고 고민해야 했어요. 그래서 헉 핀에게는 자기 확신에서 오는 독단은 보이지 않아요.

톰의 경우는 전혀 다르지요. 그의 모험은 가짜이고 놀이이므로, 근본적인 문제로 갈등하고 고민할 일이 없어요. 이미 자유로워진 짐을 구출해내는 것이니, 과정만이 중요해요. 과정을 결코 양보할 수 없으니, 성찰이나 반성이 있을 수 없어요. 그래서 독단에 빠지게 되고 다른 사람을 희생시킵니다. 무엇보다 중요한 것은 톰은 자신이 떠받드는 책의 권위가 절대적이지 않다는 것을 알 도리가 없어요. 생각해보세요. 죄수가 감옥에서 음악으로 쥐를 길들이고, 눈물로 꽃을 피우고…… 과연 실제로 감옥에서 죄수들이 이렇게 할까요? 톰이 맹종하는 책의 내용은 소설가들이 꾸며낸 것들이잖아요.

이래서 책에 근거한 톰의 권위는 현실에 뿌리박지 못한 모래

성이에요. 문제는 이런 톰이 마을의 지도자로 자랄 경우예요. 우리는 톰의 놀이가 강박이 되면 남을 희생하고 폭력으로 이어질 수 있다는 것을 보았으니까요.

자, 이제 헉 핀은 어떻게 되나요? 톰이 헉 핀에게조차 진실을 감추었으므로, 헉 핀도 톰의 놀이 도구가 되었어요. 강 위에서 우리가 보았던 주체적인 헉 핀의 모습을 톰은 우롱했어요.

그래요. 우리는 톰의 놀이를 통해 마을에서 헉 핀은 자기 자신으로 고민하고 선택할 수 없는 것을 보았어요. 그는 자신의 주인이 될 수 없어요. 작가가 이를 말하기 위해 아주 절묘한 장치를 했지요. 난 내가 누구인지 너무너무 궁금해. 검둥이를 쥐어박아서라도, 내가 누구인지를 알아내야겠다, 라고 농장에 처음 도착했을 때 그는 말했었지요. 그리고 자기가 그 집 식구들에게는 톰이라는 것을 알아냈지요. 그들이 헉 핀을 톰으로 알았다, 라는 이 장치는, 마을에서는 그는 헉 핀일 수 없다는 것을 강조하는 것이 아닐까요?

그렇다면 묻지 않을 수 없어요. 스토리도 톰의 모험놀이로 끝나는데, 왜 이 소설의 제목은 허클베리 핀의 모험일까요? 그렇지요. 이유가 있어요. 이 소설이 끝나는 문장을 보세요. 그것이 헉 핀의 모험의 핵심이에요. 자, 읽어보세요.

■■■ 난 내 앞에 놓여 있는 새로운 땅으로 떠나야 할 것 같다. 샐리 아

> 줌마가 나를 양자로 삼아 길들이려 하기 때문인데, 난 그걸 견딜 수 없다. 난 이미 거기 있어봤으니까. (262)

헉 핀은 새로운 지역으로 떠나겠다고 합니다. 샐리 아줌마가 자기를 양자로 삼으면 어떤 일이 자기를 기다리고 있을지 알아요. 있어봤으니까요. 그는 다시 기도하고 학교에 다니고, 톰이 이끄는 갱단놀이나 하게 될 것이니까요. 지루하고 재미없는 매일이 계속될 것이니까요. 무엇보다 마을에는 여전히 노예 제도가 건재하고 있어요. 짐은 주인의 호의로 자유로워졌지만 아내와 자녀들은 노예로 남아 있어요. 헉 핀이 강 위에서 짐과 새롭게 만들어냈던 서로 믿고 아끼는 관계가 계속될 수 없어요. 그렇습니다. 아무것도 변한 것이 없는 마을로 돌아간다는 것은, 헉 핀이 강 위에서 깨달은 것들, 새롭게 키운 관계들을 무위로 돌리는 것이지요. 부정하는 것이지요.

헉 핀은 말해요. 그곳이 어떤 곳인지 이미 알기 때문에 새로운 곳으로 떠나겠다고. 이렇게 말할 때 비로소 헉 핀은 자신을 다시 찾았어요. 자신이 원하는 것을 확실하게 알았으니까요. 마을의 논리에 순응하지 않으니까요.

헉 핀은 모험을 통해 많은 것을 경험했어요. 인간의 어리석음과 잔인함, 신뢰와 용기를 배웠어요. 헉 핀이 원래부터 가지고 있던 특성들, 스스로 생각하고 결정내리는 힘이 시련을 통해 강화되었어요. 그래요. 헉 핀은 경험을 하면서도, 원래의 순수성도 자기주장도 지키고 있어요. 헉 핀이 마을로 돌아가지 않겠다는 선택, 그것은 그가 강 위에서 발견하고 키워온 짐과의 관계를 긍정하는 것입니다. 그런 이유로, 헉 핀과 짐이 탄 뗏목은 새로운 질서의 가능성을 보여주는 것이지요.

작가가 톰의 놀이에 왜 그렇게 많은 지면을 할애하는지를 이제 이해할 듯합니다. 톰의 가짜 모험을 통해 기존 제도의 막강함, 독선과 오만, 그리고 변화의 어려움 등을 강조하고 있는 것이지요. 그러나 그런 상황에서 헉 핀과 짐을 당당히 소설의 주역으로 설정함으로써 대안 질서의 필요성을 역설하는 것이지요. 그것이 마크 트웨인의 힘이지요.

역사는 느리게, 엄청난 대가를 치르면서 분명하게 전진하는 것 같습니다. 민권운동, 마틴 루터 킹 목사의 암살…… 그런 과정을 거치면서 2009년 현재 미국의 대통령은 누구입니까? 그래요. 역사는 결코 오바마 시대 이전으로 돌아가지 못해요. 미국인들의 의식과 무의식에 혁명적인 변화는 분명 일어난 것이에요. 헉 핀과 짐의 뗏목은 그 가능성을 여전히 시험하는 중입니다.

Adventures of
Huckleberry Finn

강의를 마치며

자, 이제 강의를 끝내는군요. 우리 눈에, 우리 마음속에 어떤 장면들이 남아 있는지 되돌아보지요. 무엇보다 먼저 쉬지 않고 흐르는 장엄한 강이 보이는군요. 그래요. 넓고 광활한 강은 두 가지 가능성을 안고 있었지요. 하나는 마을의 경직된 제도와 규범으로부터 해방되는 공간으로서의 가능성이고, 또 하나는 마을의 법과 질서로부터 도망치는 무법자들의 공간이기도 하고요. 하여간에 그 강 위를 지금 헉 핀과 짐이 탄 뗏목이 흘러가는군요.

어떤 모습들이 떠오르나요? 한 사람은 노를 젓기도 하고 또 한 사람은 담배를 피우기도 하네요. 두 사람이 발가벗고 멱을 감기도 하고 뱃전에 누워 밤하늘의 별을 세기도 하네요. 안개 속에서 서로를 잃고 헤매다가 우여곡절 끝에 만난 뒤의 장면도 떠오릅니다. 헉 핀의 무심한 장난, 짐의 의연한 꾸짖음, 헉 핀의 사과 등이 기억납니다. 뜻밖의 사기꾼들이 등장하는 모습도 떠오릅니다. 그렇군요. 뗏목 위에서도 사람 사는 형태가 그대로 나타나고 있군요.

그럼에도 뗏목이 마을의 대안 공간이 될 수 있는 이유가 무엇이었나요? 그렇지요. 그것은 헉 핀과 짐, 두 사람의 새로운 관계 때문이었어요. 마을의 노예 제도에서 비롯된 경직되고 위선적인 가치가 두 사람의 새로운 관계를 통해서 극복될 수 있다는 가능성을 보여주었기 때문이에요. 마을에서 주입된 두 사람 안에 존재하는 차별의 경계선이 극복되는 것을 보여주었기 때문이에요. 그리고 이를 위해서는 무엇보다 백인 소년 헉 핀의 변화가 중요했었지요.

떠돌이 백인 소년 헉 핀과 도망노예 짐 두 사람의 관계는 마을에 존재하는 인종과 계층의 장벽을 넘어서는 가능성을 보여주고 있어요. 뗏목이라는 위기 상황 속에서 두 사람이 서로 믿고 배려하면서 평등하고 자유로운 관계로 변해가기 위해서는 무엇보다도 헉 핀 속에 있는 짐에 대한 편견이 변해야 했지요. 짐의 안전 여부를 손에 쥐고 있는 것은 백인 소년 헉 핀이었으니까요. 우리는 안개 장면을 통해서 그 가능성을 확인했어요.

그런데 말이지요, 이렇게 되돌아보니까 새삼스럽게 확인되는 것이 있네요. 헉 핀과 짐의 뗏목이 새 질서를 만들어가는 공간이 될 수 있었던 것은 두 사람 사이에 진정한 대화가 가능했기 때문이에요. 그래요. 우리는 헉 핀과 짐이 서로 나누었던 이야기들을 기억합니다. 헉 핀이 이야기를 하면 짐은 잘 듣고 난 뒤 자기 의견을 말하지 않던가요? 지혜로운 솔로몬 왕의 이야기를 헉 핀이 들려주자 짐은 코웃음을 치며 솔로몬 왕의 어리석음을 지적하지 않던가요? 그의 말이 일리 있다는 것을 우리도 인정했고 헉 핀도 속으로는 인정하는 듯했지요. 또 짐이 헉 핀에게 들려주는 자기 딸에 대한 이야기를 통해 헉 핀은 짐도 백인과 똑같은 인간임을 깨닫게 되지요. 이런 식으로 대화를 통해서 헉 핀은 짐에 대한 편견을 없애게 되었지요.

여기서 중요한 것은 헉 핀의 열린 태도, 열린 마음이에요. 우리는 보았어요. 헉 핀은 책의 권위나 어른들의 말에 무조건 따르는 것이 아니고 자기가 생각하고 실험해본 뒤, 자기가 결정했어요. 그러니까 규범에 자기를 맞추는 것이 아니라 상황에 따라, 만나는 사람에게 자기를 열어놓고 귀를 기울였어요.

보세요. 헉 핀이 짐의 이야기에 귀를 기울이면서 그때까지 가지고 있던 노예에 대한 인습적인 태도가 도전받게 되잖아요. 그럴 때에도 언제나 헉 핀은 자기가 다시 생각해보고 짐의 이야기를 받아들였어요. 그러면서 자기 속의 편견을 고쳐나간 것이지요. 그리고 짐이 자기를 보살펴주고 무엇보다 믿어주니까 짐도 백인과 같은 인간임을 깨닫게 되는 것이지요. 그러면서 뗏목 위에서 두 사람은 각자의 존엄성을 지키면서, 동시에 서로에게 없어서는 안 될 존재가 되어갔어요.

이처럼 뗏목을 타고 강을 따라가며 계속되는 헉 핀과 짐의 모험은 그래요, 아름다운 세상을 찾아가는 과정이었어요. 미국인들에게는 건국 초기부터 유토피아에 대한 갈망이 강했어요. 구대륙을 떠나 배를 타고 대서양을 건너오며 그들은 신대륙의 오염되지 않은 자연 속에서 평등하고 자유로운 세상을 이룰 수 있다고 믿었지요. 미국 소설에서 일관되게 나타나는 미국의 꿈은 다름 아닌 이상적인 공동체에 대한 초기 이주민들의 갈망과 맞닿아 있지요. 우리가 잘 아는 호손은 『주홍글자』에서 뉴잉글랜드 청교도 사회의 실체를 보여주었지요. 마찬가지로 트웨인은 기독교와 노예 제도라는 두 상반된 질서에 근거한 남부의 이중성을 파헤치고 있어요. 그런 의미에서 『허클베리 핀의 모험』은 이상적인 사회를 꿈꾸는 미국 문학의 전통을 이어받고 있지요. 헉 핀을 미국적인 특성들을 구현하는 대표적인 인물이라고 하는 이유도 여기에 있고요. 시련과 갈등 속에서도 낙관적이면서 인간에 대한 믿음을 잃지 않는 헉 핀에게서 우리는 개척인들의 진취성과 위기에 대응할 수 있는 능력 등을 발견하기도 합니다. 경직된 규범이나 추상적인 이론보다는 자기 신뢰에 근거하여 행동하는 그에게서 실용적이고 실질적인 지혜를 보게 되지요. 그의 이런 특징들은 구대륙으로부터 정치적인 독립을 이룬 미국이 문화적인 정체성을 확보하고자 노력했던, 그래서 '아메리칸 르네상스'를 꽃피웠던 19세기 당시의 시대정신과도 맞닿아 있는 듯합니다.

트웨인은 젊은 시절, 미국의 미래에 대해 낙관적이었어요. 신생국의 건강하고 무한한 가능성을 믿었던 것이지요. 그러나 그의 말년에 이런 미국에 대한 기대는 절망으로 변합니다. 가족과의 사별과 파산 등 개인적인 이유와 더불어 19세기 말의 미국 사회의 상황과 관계있어요. 서부의 종결, 대기업의 출현, 빈부 격차 등 산업 사회의 모순들이 심화되기 시작하면서 미국은 필리핀 등 해외 식민지로 눈을 돌리기 시작했고, 진보와 민주주의에 대한 미국인들의 신념은 흔들리기 시작했지요.

이런 당시의 상황을 고려할 때 트웨인이 헉 핀의 모험을 통해 제시하는 비전은 대단히 혁신적이고 도전적이에요. 헉 핀과 짐이라는 두 소외 계층의 인물들을 주인공으로 등장시키고, 그들의 동등하고 새로운 관계를 통해 노예 제도를 비롯한 미국 사회의 모순과 간극을 극복하는 가능성을 제시하고 있으니까요.

그래요. 시험당하지 않으면 모험이 아니지요. 우리는 보았어요. 헉 핀은 언제나 추상적인 규범이나 경직된 도덕, 그리고 짐으로 대변되는 인간에 대한 진실 사이에서 갈등해요. 그리고 언제나 짐을, 인간을 선택합니다. 지옥에 갈 각오를 하면서까지. 그리고 기존 마을로 돌아가는 것을 거부하고 새로운 지역을 향해 떠나기로 결정함으로써 그는 이런 자신의 입장을 분명하게 밝힙니다. 이것이 우리가 헉 핀에게서 확인하는 어려운 도덕적 성취라고 할 수 있겠지요.

그런데 말이지요, 헉 핀과 짐의 뗏목이 이상적인 공동체의 가능성을 보여주고 있다고 인정한 뒤에도 의구심이 남아요. 그래요. 계속 뗏목을 타고 강을 따라 내려갈 수만은 없잖아요. 마을에서 다 함께 살아가는 공동체를 만들어야 하잖아요. 그런데 우리가 보았듯이 마을은 톰의 영역이에요. 그렇다면 톰은 어떻게 헉 핀의 장점을 배울 수 있을까요? 짐의 이야기에 귀를 기울이면서 짐에 대한 편견에서 벗어나던 헉 핀의 특징을 톰은 어떻게 배울 수 있을까요? 우리가 본 톰은 전혀 그 가능성을 보여주지 않았어요. 톰은 짐을 구출하는 과정에서 헉 핀의 이야기도, 짐의 의견도 무시했어요. 책에 근거한 오만과 독선으로 자기 재미, 자기 명예를 위해서 헉 핀도 짐도 다른 가족들도 도구로 만들었어요. 그러나 우리가 살펴본 대로 그 과정에서 그 자신도 실제 삶의 현장에서 소외되었어요. 세계를 정복하고 자연을 착취의 대상으로 삼는 백인 남성우월주의 논리가 톰에게서 발견되었어요. 그래요. 작가는 헉 핀을 통해서는 대안 질서의 가능성을 보여주면서 동시에 톰을 통해서는 우리 독자에게 도전장을 던지는 게 아닐까요? 우리 안에 있는, 우리 밖에 있는 톰과 톰이 대변하는 기득권에 어떻게 대응할 것인지, 묻는 게 아닐까요? 다시 말해 톰이 헉 핀의 이야기에 귀를 기울이면서 변할 수 있는 방법을 묻는 게 아닐까요? 헉 핀이 짐의 이야기에 귀 기울이면서 짐에 대한 편견에서 벗어나듯이 말이지요.

우리는 헉 핀의 모험을 통해서 남부 사회를 지배하고 있는 잘못된 질서, 독선, 폭력의 악순환을 보았어요. 그리고 그 잘못된 연결 고리를 느슨하게 하는 것은 자신을 열어놓고 짐과 메리 제인과 자기가 만나는 사람들과 공감하고 이야기하는 헉 핀의 열린 태도였어요. 우리가 보는 미국의 역사는 톰의 후예들이 지배하는 역사라고 할 수 있겠지요. 그러나 동시에 헉 핀의 후예들이, 그리고 짐의 후예들이 이에 도전하면서 쟁취하는 역사이기도 하지요.

말이지요, 이런 조각상을 본 적이 있어요. 헉 핀과 톰, 두 소년이 나란히 서서 맑은 눈으로 함께 저기 높은 곳을 바라보는 모습인데요, 특이한 것은 두 소년의 모습이 아주 비슷하게 닮았다는 거예요. 우리가 아는 떠돌이 헉 핀과 어린 신사 톰의 모습이 아니에요. 생각했어요. 서로 닮은 단정한 두 소년의 모습을 통해, 그 조각가는 무엇을 말하고자 했을까? 그 유명한 헉 핀과 톰을 그가 몰랐을 리가 없는데…… 또 생각했어요. 그래, 살기 좋은 마을을 만들기 위해서는 톰이 헉 핀의 이야기에 귀를 기울이면서 오만과 독선에서 벗어나, 진정한 헉 핀의 친구가 되어야 한다는 것을 말하는 것일까? 유토피아는 헉 핀 혼자서도, 톰 혼자서도, 물론 짐 혼자서도 안 되고, 모두 함께 만들어가야 하기 때문이지요.

톰은 어떻게 변할 수 있을까요? 헉 핀의 역할은, 짐의 역할은, 그리고 우리의 역할은 무엇일까요? 여러분과 내가 함께 풀어내야 하는 과제, 마감일도 따로 정해져 있지 않고 매일 고민하고 실천해야 하는 과제입니다.

또 만납시다. 안녕.

작가 연보

1835 11월 30일 미국 미주리 주 플로리다에서 치안판사, 존 마셜 클레멘스와 제인 램프턴 클레멘스 사이에서 4남 3녀 중 다섯째로 태어나다. 본명은 새뮤얼 랭혼 클레멘스이고, 마크 트웨인은 필명이다.

1839 미주리 주 하니벌로 이사하여 어린 시절을 보내다.

1840 학교에 다니기 시작하다.

1845 처음 스팀보트를 타고 세인트루이스로 가다. 그의 아내가 될 올리비아 랭던이 뉴욕 엘미라에서 태어나다.

1847 아버지 사망으로 정규 교육을 11살에 중단하고, 『하니벌 가제트』 신문사의 급사로 일하기 시작하다.

1850 큰형 오라이언이 경영하는 신문사 『하니벌 저널』의 기자이자 식자공으로서 일하다.

1853 세인트루이스, 뉴욕, 필라델피아에서 견습기자로 일하다.

1857 찰스 다윈의 진화론에 관해 알게 되다. 뉴올리언스에서 미시시피 강을 따라가며 수로안내원 훈련을 받다.

1861 남북전쟁으로 미시시피 강의 항로가 닫히면서 수로안내원의 일을 그만두다. 네바다 주의 서기관으로 임명된 오라이언과 함께 네바다로 가다. 지방 신문들에 글을 기고하기 시작하다.

1862 네바다 주 버지니아 시티에 있는 『테리토리얼 엔터프라즈』에 글을 쓰다. '마크 트웨인'이라는 필명을 처음 사용하게 되는데, 이는 옛 리버보트에서 사용하는 용어로 강의 안전지대와 위험지대를 가르는 노선을 뜻한다.

1864 『샌프란시스코 모닝 콜』지와 『새크라멘토 유니언』지의 기자로 일하다. 브렛 하트, 아티머스 워드 등, 서부에서 활동하는 작가들과 교류하다.

1866 샌드위치 군도(하와이)를 『새크라멘토 유니언』지의 기자로 방문하다.

1867 유럽을 방문하다. 뉴욕에서 올리비아 랭던을 만나 그녀의 가족과 함께 찰스 디킨즈의 낭독회에 참석하다. 『캘러베라스 카운티의 유명한 뛰뛰는 개구리와 다른 이야기들The Celebrated Jumping Frog of Calaveras County and Other Stories』을 발표하다.

1869 올리비아 랭던과 약혼하다. 『순진한 사람들, 외국에 가다The Innocents Abroad』를 발표하다. 흑인운동가 프레드릭 더글러스와 소설가 윌리엄 딘 하월스를 만나다.

1870 엘미라에서 올리비아 랭던과 결혼하여 버펄로에 정착하다. 『버펄로 익스프레스』지의 부분 소유자가 되다. 장남 랭던 클레멘스가 태어나다.

1871 코네티컷 주의 하트퍼드로 이사하다.

1872 장녀 올리비아 수전 클레멘스가 태어나다. 장남 랭던이 죽다. 『고난을 딛고Roughing It』를 출간하다.

1873 가족과 함께 영국을 여행하며 강연하다. 찰스 두들리 워너와 함께 쓴 『도금 시대The Gilded Age』를 출간하다.

1876 『톰 소여의 모험The Adventures of Tom Sawyer』을 출간하고 후속작으로 『허클베리 핀의 모험Adventures of Huckleberry Finn』을 시작하다.

1879 『허클베리 핀의 모험』을 21장에서 중단하다. 『외국에 간 방랑자A Tramp Abroad』를 출간하다.

1881 『왕자와 거지The Prince and the Pauper』를 출간하다.

1882 미시시피 강을 따라 여행하며 남부 재건시대의 실패를 목격하고 돌아와 『허클베리 핀의 모험』 집필을 다시 시작하다.

1883 『미시시피 강의 삶Life on the Mississippi』을 출간하다.

1885 미국판 『허클베리 핀의 모험』을 출간하다.

1885 페이지 자동식자기 개발에 관심을 갖고 투자하다.

1889 『아서왕 궁정의 코네티컷 양키A Yankee in King Arthur's Court』를 출간하다.

1891 자동 식자기의 실패로 경제적 손실을 보고, 하트퍼드 저택을 떠나 가족과 함께 유럽으로 떠나다.

1894 친척과 운영하던 웹스터 출판사가 도산하다. 『멍텅구리 윌슨 Pudd'nhead Wilson』을 출간하다.

1897 세계강연 여행기 『적도를 따라Following the Equator』를 출간하다.

1900 『해들리버그를 타락시킨 남자 및 기타 작품』을 출간하다.

1901 예일 대학에서 명예문학박사 학위를 받다. 반제국주의자연맹의 부총장으로 일하다. 『어둠 속에 앉아 있는 사람에게The Person Sitting in the Darkness』를 출간하다.

1904 이탈리아에서 아내 올리비어가 사망하다.

1906 『이브의 일기Eve's Diary』, 『인간이란 무엇인가What Is Man?』를 출간하다.

1907 옥스퍼드 대학에서 명예박사 학위를 받다.

1910 4월 21일, 74세로 코네티컷 주 레딩에서 사망하다.

서숙 교수의 영미소설 특강 3

허클베리 핀의 모험

펴낸날 1판 1쇄 2009년 12월 11일 | **지은이** 서숙
펴낸이 최민숙 | **펴낸곳** 이화여자대학교출판부
주소 서울특별시 서대문구 대현동 11-1(우 120-750) | **등록** 1954년 7월 6일 제9-61호
전화 02) 3277-2965, 2966(편집기획) 02) 3277-3164, 362-6076(경영지원)
팩스 02) 312-4312 | **전자우편** press@ewha.ac.kr | **인터넷서점** www.ewhapress.com
책임편집 이혜지 | **디자인** 정혜진 | **찍은곳** 한영문화사

ISBN 978-89-7300-856-8 04840
ISBN 978-89-7300-855-1 (세트)

값 9,000원